文芸社セレクション

吉岡さん、頑張って

奥 貞二

OKU Teiji

JN179289

文芸社

目次

目　次

第3部　これからの吉岡家

吉岡さん、頑張って

第1部　人生三パターンズ

《人間はいずれ死ぬ》これ程揺るぎない真理も、中々実感できない。《死は背後からやってくる》と言われるが、変わりなく過ぎていく日常生活の中で、死は他所事、他人事でしかないような日々が続く。しかし、一緒に机を並べ、競い合い、ふざけ合った親友仲間同朋であったA氏の訃報を知らされた時、極めて現実味を帯びて、何れは吉岡にもその番がやって来るのだということを、自覚せざるを得ない。《これからどう生きるのか?》その答えは人の数だけ在りそうだが、それは一先ず横に置いて、取りあえず先人の言葉を借りて、考えられる生き様三パターンズを見ておこう。

Ⅰ　気が付けば晩年

a　不定

「今ある快楽が偽りであるという感じと、今ない快楽の空しさに対する無知とが定めのなさの原因となる」パスカル「パンセ」断片110。

真に永続する快を求め、あっちへ行ったりこっちへ行ったりしながら、時間だけが過ぎていく。気が付けば、既に晩年というわけである。

b　気を紛らわせる

「……幾つかの障害と戦うことによって安息を求める。そして、もしそれらを乗り越えると、安息はそれが生み出す倦怠のために耐えがたくなるので、そこから出て激動（気を紛らわせる）を乞い求めなければならなくなる。何故なら人は、今ある悲惨のことを考えるか、我々を脅かしている悲惨のことを考えるかのどちらかであるからである。そして、仮にあらゆる方面に対して十分保護されているように見えていたところで、倦怠が自分勝手に、それが自然に根を張っている心の底から出てきて、その毒

(venin)で精神を満たさないではおかないであろう」

このように人間というものは、倦怠の理由が何もないときでさえ、自分の気質の本来の状態によって倦怠に陥ってしまうほど不幸なものである。しかも、倦怠に陥るべき無数の原因に満ちているのに、「玉突きとか、彼の打つ球とかつまらないものでも、十分気を紛らわすことのできるほど空しいものである」パスカル「パンセ」断片139。

少々長い引用ではあるが、ポイントは、安息になった時、直ぐさまでてくる倦怠、その毒が精神を満たすことと、今ある悲惨(身近な人の不幸、コロナ状況下、いつか必ず死ぬこと等)を自覚するとき、そこから抜け出すために、気を紛らわせる行動に出る。しかし、何時までも、気を紛らわせているわけにはいかず、安息を求める。すると倦怠が訪れる。安息↓倦怠↓激動(気を紛らわせる)↓安息↓倦怠↓激動……を繰り返す内に、人生が過ぎてゆく。

Ⅱ　秩序ある有徳な生活

「生活をしっかりした方針に従わせる。それはいつも同一のことを欲し続けることだ。それは心の持ち方が正しい場合に限るのであって、もしそうでないなら一定の考えを貫くことは不可能である。結局不徳とは不規則に過ぎず、節度の欠如に過ぎない。従って、それに恒常性を結びつけることは不可能である。全ての徳性の始まりは辛抱熟慮であり、その完成は向上心である。熟慮により一定の道を取るならば、最も美しい道を取ることになる」モンテーニュ「エセー」第2巻1章「我々の行為の定めなさについて」

これは、Ⅰの生き方とは逆に、古代ギリシアの哲学者達が説いてきた有徳の生き方とも共通する。徳による秩序ある生ということになる。徳を身に付けることは、筆舌に尽くし難く困難なことである。さし当り、良き習慣を身に付けるところから始めるしかないであろう。

Ⅲ　神と共にある至福の生

「主は羊飼い、私には何も欠けるところがない。／主は私を青草の原に休ませ／憩いの水のほとりに伴い／魂を生き返らせて下さる。……死の影の谷を行く時も私は災いを恐れない／あなたが私と共にいて下さる。／あなたの鞭、あなたの杖／それが私を力づける」旧約聖書「詩編」23の1〜4。

信仰を持たないものにとって、異教徒の人にとって、いきなり《神は羊飼いのような存在だ》と言われてもピンと来ないかもしれない。しかし、信仰を持つということは、魂を生き返らせてくれるような振舞が期待でき、死の恐怖も神と共にあることで恐怖を感じさせなくして下さる、ということを意味するのは理解できるのではなかろうか。

さてこれから始まる吉岡力也のリライフ、セカンドライフは、人生三パターンズのどのパターンで展開するのだろうか。

第2部　吉岡のリライフ、セカンドライフ

序　セカンドライフの始まり――黒板からの離脱

「吉岡ですが、今お電話宜しいですか」

「どうぞ」

「実は、矢野先生のお墓がどこにあるかご存知ですか。というのも、この3月で、非常勤講師の仕事が終了すると共に、高専との今までのような行き来がなくなるので、一度墓前でお礼を申し上げ、現況報告しようと考えているのです」

「今年は、卒業生による矢野先生の集まりも何もないようだし、私も一緒にお邪魔することにするよ。それで、ご家族の方にご都合伺って、日時も連絡します」

その結果、お邪魔する日が２０２１年3月14日午後1時、ということになった。吉岡は、先輩であり知人である教育後援会会長の野上氏の車に乗せてもらって、近鉄伊勢朝日駅傍の矢野先生宅を訪問することになった。野上氏も、矢野先生とは切っても切れない関係にあるということで、電話一本ですぐ引き受けて頂いた。後でお聞きして分かったことだが、矢野先生が野上氏結婚の際の仲人をされたということであった。

それで先生とは、とてもご懇意にされてきたのだそうだ。

吉岡の方は、先生には学生時代も就職してからも大変お世話になった。学生時代、朝日新聞社が『明治百年記念論文』を募集していて、それに応募することに決めた。しかし、どこか落ち着いて思索できる適当な論文作成の場所を紹介して頂けないか相談したら、鼓ヶ浦にあった松籟荘という文部省共済関係の保養施設使用の便宜を図ってくれた。そこでの時間経過が、結局高専という理系から文系の大学への方向転身を、吉岡が決意することに繋がったと考えている。また、母校の教壇に立つことができたのも、応募者が複数いた中から選ばれることになったのだが、先生の存在があったからではないかと思っている。つまり、今日こうしてあるのも、先生のお陰と考える当のご本人だからである。先生は高専開学当初から赴任され、吉岡の学生時代には学生主事をされ、再び吉岡が母校の教員に採用された時には、学校長を務められていた人である。先生は２０１９年７月５日に、94歳で亡くなられた。

先生は、吉岡の母と同じ丑年生まれ、吉岡自身とは二回り違い、それだけでも親近感を感じていた。吉岡が大学院博士課程への合格が１９７９年３月に決まり、一度夏休みに両親を九州に招いて、恩返しを兼ねて案内旅行しようと考えていた。その矢先、母は６月にクモ膜下出血で倒れて入院した。脳の血管を精査するための血管造影検査をした結果、その夜二度目の発作を起こした。一命は取り留めたものの植物人間同様の身体となり、翌年1980年3月23日、母は帰らぬ人となった。母54歳、吉岡29歳であった。その夏が母の初盆ということになり、吉岡が九州から帰省中に、その初盆の行事を実質取り仕切るような役回りで、テンテコ舞の忙しさだった。吉岡の同級生、工業化学科4回生の人達が卒業して丸10年目になるので、熱海で初めての同窓会を開こうということになっていた。吉岡は楽しみにしていて、出席の意向を伝えていた。当然同窓会に参加して、皆に会ってみたいと思っていたが、その日が頂度母の初盆の行事と重なり出席できなかった。しかし、その時の皆の様子を知りたかったので、参加されたはずの母校の矢野先生ならご存知だろうと思いお電話した。

すると、「明日にでも学校に出て来なさい」と言うことになった。学校を久しぶりに訪れ、当然学生主事を続けておられると思っていたら、事務の方にいきなり校長室に案内された。

緊張気味に校長先生の方に近づいて、「お目にかかれて光栄です」というような挨拶を交わした後、来客用のソファに腰を下ろすと、先生は、「今どういう研究しているのですか？」

「古代ギリシアのプラトンやアリストテレスの『霊魂論』『自然学小論』を中心に読

んでいます」と答えたりした。

「学生時代のクラブ活動は、何をやっていたのですか？」

「サッカーのゴールキーパーで、二度ほど高専大会に出場しました」とか色々聞かれ、応答していた。一通り受け答えをして、他に熱海での同窓会のことについても、皆の様子を伺うことが出来た。

そうこうして、1時間半ほど時間が経過したであろうか、先生は不意に、「学校を案内するから行きましょう」とおっしゃられて立ち上がり、校内見学ということになった。その日のことが、就職に結びついたかどうかは分からないが、見学の途中、「野田先生が今年度を以て定年退官されるので、後任の先生を探している。頭に入れておいて下さい」ということを申された。

1981年4月から、人文社会（倫理、哲学）担当の講師として採用され、爾来専任・非常勤の教員生活を含め40年間に亘り、母校での仕事に就くことが出来た。その際、遠くからも近くからも見守って頂いた矢野先生が、2019年に亡くなられた。昨年一周忌で、矢野先生を送る会が催され出席した。今回は吉岡にとって、母校との直接の関係がなくなるというので、一度お礼に伺わなければいけない。先生の墓前で近況のご報告と感謝の気持ちを伝えようと、ご自宅を訪れることにしたのだ。つまり、吉岡の実質的な第二の人生が4月から始まるという区切りでもある。しっかりお礼を述べ、ここに至る報告をしておかねばいけないと考えた。そうしてこそ、黒板から離れたセカンドライフがスタートすると思った。

1

「努力なしには、良い畑にも作物は実らない」パンディタ（野菜から生きる力を頂く）

「このトマト美味しいね」

　朝食のサラダの上に、妻がスライスして出してくれたものだ。

「それはそうや。さっき、畑から収穫して来たばかりの採れたてやで」

　摘みたて野菜は、どれもスーパーで買ったのとは一味違う。その野菜の真の味というか、本来の味を味わえるからだ。しかし、この野菜作りも、色々試行錯誤を重ねて出来上がったもので、一先ず今年の味というところである。どうして野菜作りを始めることになったかというと、父（求）と同居した時から、父の唯一といえる仕事が、畑での野菜作りだった。それは、日曜日に近場の温泉へ行く以外の、毎日の自慢の仕事であった。いつも父は、とても元気に振舞っていた。そして畑仕事以外にもう一つ、盆踊りが大好きであった。その季節になると、浴衣姿で各地の盆踊り会場に出かけて行っては、踊っていたのが思い出される。健康管理については、殊の外気を遣い慎重であった。父は毎月一回鈴鹿中央病院で、同じ出身地から内科医になられている山下先生に健康チェックを受けていた。２００４年12月初旬のチェックでは、これといった異常は指摘されず、安心していた。

　しかし、食事の量がめっきり少なくなり、顔色も良くないので、「一度先生に診てもらったら」と吉岡が勧め、そして病院に行った。すると、精密検査の結果、医者の説明によると、「膵臓癌が肝臓に転移し、それで黄疸症状が出ている」とのことだった。

「年齢から考えても、レベル4という癌の進行具合から見ても、手術は無理で、投薬治療しかなく、余命半年位と思っておいて下さい」と言われた。それで、半年程入退院を繰り返し、２００５年6月26日に他界した。享年84であった。

　そこで吉岡は、父の日課としていた一ａ（アール）程の畑を引き継ぐこととなった。引き継ぐと言っても、亡くなる三か月前の3月下旬の頃だった。その時は、父は家の客間のベッドで療養生活を送っていた。何を思い出したか突然吉岡に向かって、「今が丁度里芋の植え時だから、種芋を植え付けに行ってきてくれ」と言われた。それで、吉岡は慌てて里芋を畑に植えた。それだけが父から受けた野菜つくりの指示で、具体的な栽培のノーハウについては、結局何も教わることができなかった。その里芋も、種芋をどのように植えるのか聞かなかったので、手当り次第適当に埋めただけだった。それで芽が出たのは、半分ほどだった。そこで学んだのが、種芋から分裂した皮髭のない引きちぎった跡のように見える方を下に、成長し丸く伸びていく方を上向きに植えなければいけないということが分かった。ここで学んだことは、次の年から活かすことになった。どの野菜も失敗を教訓に、毎年毎年勉強するつもりで取り組むよりほかなかった。

しかし、畑を引き継ぐことになった当初は、吉岡の教師という仕事優先で、野菜作りに本格的に正面から取り組む余裕がなかった。手探りの中、周囲の畑を見様見真似で作り始めた。ただ雑草を生やさないように心掛けるくらいが関の山だった。畑に関わるのは、早朝30分と夕食前30分位で、水やりと雑草抜き中心にしか関われなかった。野菜作りに興味を抱き、畑仕事を残してくれた父に感謝の念を抱くようになり、吉岡の重要日課の一つと思うようになったのは、70歳前後からである。野菜作りには、至福とも思える強調したい点が幾つもあるのに気が付いた。

その第一は、種をまくなり買ってきた苗を植えつけるなりした後、アリストテレスではないが、収穫という最終目標に向かって、可能態から現実態への成長の全過程が、日々観察され感じ取られることである。まるで我が子の成長を手に取って見守る母親のように、水遣り、雑草抜き、必要とする支柱の設置、害虫や野鳥からの保護等々と、切れ目のない作業が続く。その作業夫々が、逆に生甲斐になるというか、野菜から元気付けられ、前向きの気持ちになれる。太陽と土と水、そこからもたらされる生命の営みと恵み、感動すること間違いない。

第二は、作付準備の耕作から始まって、初期作業は収穫量にも関わるので手抜きは許されない。例えば、大根だと《大根十耕豊作間違いなし》というくらい、何度も土を掘り起こした方が良い大根が期待される。それで消石灰で土壌を中和したり、化学肥料や鶏糞を撒いたりしながら畝作りしなければならない。更には周りの草刈り、雑草引き、毎日の水遣りに至るまで、結構な肉体労働が求められる。筋力増強とは行かなくても、現状健康維持には最適といえる。それも、野菜を作りながら進行するので、強制ではなく無意識の上の体力維持なり筋力アップができることである。

加えて最大の喜びは、収穫の喜びである。トマト、胡瓜、トウモロコシ、オクラ等の何れであれ、熟したそれらの野菜を朝採りして、早速朝食に戴く。どれをとってもスーパーで買ったものとは全然違う味を味わうことができる。口にしたその時、味もさることながら、植え付けから成長してきた全プロセスが想い浮かんできて、味を倍加させるのである。取分けお奨めは、食パンに、ピザソースを塗って、トマトをスライスしたもの、玉葱やオクラ等にチーズをたっぷり載せ、オーブンでこんがり焼いて、手作りピザを作り味わった時である。一口噛んだ瞬間から至福の時を味わえる。是非野菜作りを自分で試み実行してほしいと勧めるものである。吉岡が朝摘んできたものを妻に料理してもらって、それを味わい色々批評し品定めしながら食べる時、喜びも倍加する。そしてその会話が、次回に栽培する時の参考意見や示唆となり、来年こそもう少し上手に作ろうという活力になる。野菜作りは本当に生甲斐であり、夫婦のコミュニケーションの最も身近な話題の一つとなる。家庭円満の第一位ともいえるお奨め仕事である。

しかし、そこに至るには、楽しいことばかりではない。梅雨の季節ともなると、一雨降る毎に草が一斉に伸びて、端から順に草抜きをして一通り抜き終えたかと思うと、元の木阿弥。草抜きを始めた場所がまた草茫々になっている始末で、雑草との戦いの日々が続く。収穫を待っているのは吉岡の家族だけではない。鳩は取分け豆類が好物らしく、丁度実が入ったエンドウや大豆や黒豆を、畑を留守にしている間にこっそり食べてしまう。小鳥に始まってカラスから終には野菜泥棒まで、収穫寸前の野菜を取られない対策も大変である。それに毎年同じ量だけ収穫できる保証は何処にもない。何処に作付けするか。種か苗を何処にどれ程蒔き植えるか、全て経験の積み重ねと、様々な周りの忠告を活かした中で成立し、暗中模索の中で作り続けている。正に《精進》という言葉が当てはまる。けれども、色々な野菜を作っていると、全てが失敗、不作ということはなく、どれかの野菜が予想外の豊作に恵まれ、食卓を楽しませてくれる。それがまた楽しみでもある。家庭菜園、それは生きる力を間接的ではあるが確かなものとして与えてくれる、セカンドライフ最適の取り組みの一つとなるであろう。

野菜つくりの生活が人生三パターンズのどれに当たるかといえば、『Ⅱ　秩序ある有徳な生活』に該当するのではなかろうか。時節に合わせて作業をする。著しく自然に合わせた生活は、安定と収穫の喜びを報酬として与えてくれる。

2　「千里の道も一歩から」老子（四国八十八箇所を巡るお遍路旅）

一回目　徳島　２０１７年3月21日。１番札所霊山寺から、極楽寺―金泉寺―大日寺―地蔵寺―安楽寺―十楽寺―熊谷寺―法輪寺―切幡寺―藤井寺―焼山寺―大日寺―常楽寺―国分寺―観音寺―井戸寺―恩山寺―立江寺―鶴林寺―太龍寺―平等寺から、3月30日　23番札所薬王寺まで、吉岡一人遍路旅。

二回目　高知　マイカーで妻同伴。２０１７年8月30日。24番札所最御崎寺から、津照寺―金剛頂寺―神峯寺―大日寺―国分寺―善楽寺―竹林寺―禅師峰寺―雪蹊寺―種間寺―清瀧寺―青龍寺―岩本寺―金剛福寺―延光寺、ここから愛媛、観自在寺―龍光寺―佛木寺―明石寺―大寶寺―岩屋寺―浄瑠璃寺―八坂寺―西林寺―浄土寺―繁多寺―石手寺―太山寺―圓明寺―延命寺―南光坊―泰山寺―栄福寺―仙遊寺から、9月4日　59番札所国分寺まで、妻とマイカーでの遍路旅。

三回目　愛媛　２０１８年3月22日。歩き遍路、60番札所横峰寺から―香園寺―宝寿寺―吉祥寺―前神寺―三角寺、ここから香川、雲辺寺―大興寺―神恵院―観音寺―

本山寺―弥谷寺―曼荼羅寺―出釈迦寺―甲山寺―善通寺―金倉寺―道隆寺―郷照寺―天皇寺―國分寺―白峯寺―根香寺―一宮寺―屋島寺―八栗寺―志度寺―長尾寺から、
3月31日　88番札所大窪寺で結願。吉岡一人遍路旅。

仕事から解放されれば、是非四国八十八箇所お遍路旅をやってみようと考えていた。四国四県1400kmを踏破するのは、時間、お金、体力の3つが揃わないと実現できるものではない。そこで、2017年遂にその時が来たと考え、歩き遍路を実行することにした。3月21～30日まで、雨上がりの肌寒さの残る早春に、徳島県の1番札所霊山寺から出発し、23番札所薬王寺までの区切り打ちとして既に実行した。それは、4月から新学期で非常勤講師の仕事が始まること、そして何より薬王寺から高知県最初の24番札所最御崎寺まで90km近い距離があり、このまま続けるには新たな準備が必要と考えたからである。

今回第二回目はその続き、高知と愛媛を妻と一緒にマイカーで回ることにした。同行二人が、お大師さんに加えて妻と一緒で三人となり、幾分落ち着いた気持ちで、5日間で回れる気がした。

2―i　妻とマイカー遍路（高知愛媛）

「忘れ物ないー？」

　妻が声をかけてきた。

「菅笠、白衣、頭陀袋、納札、数珠、線香、蠟燭、ライター、納経帳、八十八箇所巡りの地図、一応全部チェックした」

　２０１７年８月31日午前８時前に家を出発した。そこで、高知24番札所最御崎寺～9月４日愛媛59番札所国分寺までを、妻とマイカーで巡ることにした。計算してみると三十八箇所巡り８４０km程を、妻とのマイカー巡礼になる。全行程１４００kmの三分の二程の距離を、車で回ることになる。しかも隣に妻のサポーター付きという安心巡礼である。しかし、ここにはこれぞという景勝地名勝地が数多くある。室戸岬から始まって、桂浜、清流四万十川、足摺岬、松山城、道後温泉等々である。夫々の所を見逃さないで堪能したい。

　徳島市内に入った。午後1時過ぎ中華いのたに本店でラーメンを食べて、室戸岬に向かった。国道55号線は順調だった。薬王寺を過ぎ、愈々新しい展開が始まる。太平洋の雰囲気は、尾鷲を過ぎて熊野に向かう道と重なる感じである。場面は徳島の《発心の道場》から高知の《修行の道場》へ変わった感が、目にする景色からひしひしとする。室戸岬のすぐ手前に、《御蔵洞》と呼ばれる洞窟があり、大師が19歳の時《求聞持法》の厳しい修行をした場所と案内板に書かれていた。すぐ近くの北側に《神明窟》と呼ばれる洞窟があり、ここから見た空と海に感銘し、《教海》から《空海》という名前に改名したとされる。名前が景色に由来するとは知らなかった。

丁度その洞窟の見学に行こうとしたら、同じ年恰好の夫婦が見学を終えて戻ってきた。ワンボックスの自家用車で、寝泊まりしながら回っているらしい。

「これが最高や。日本中どこへでも行けるし、マイペースでやれる。このスタイルで、お宅らも実行してみたら」と勧められた。

『吉岡らのフィットシャトルでは少し小さいかな、でも試みてみたいな』と想像してみた。

24番札所最御崎寺は高台の上にあり、室戸岬灯台が眼と鼻の先にある。ここを室戸の東寺、そして今晩泊まるところが、西寺26番札所金剛頂寺である。室戸という言葉は、吉岡には1961年の第2室戸台風という名で知った台風の通り道の印象しかなかったが、この断崖に立つ灯台は、まさに雄大で唄の歌詞《おいら岬の灯台守は》を思い出すような所だ。最御崎寺のお参りを済ませ納経帳に朱印を頂き、西寺金剛頂寺へ向かった。４時過ぎに着いて巡礼を済ませ、宿泊の手続きをして和室の宿坊に案内された。そこは、海抜１６０ｍ程の高台に立ち、窓越しに土佐湾、先ほど通ってきた室戸岬が見通せた。明けて次の日の、太平洋に登る朝日に浮かぶ景色が素晴らしかった。室戸岬の突き出た半島を下から照明がゆっくり当てられるかの如く、これから始まる数々のドラマの始まりを告げるかのようだった。妻と二人、境内を散策した。この寺は、空海が最初に創建した由緒ある寺だそうだ。幾つもの伝説が残っている。大師の行く手を阻んで天狗が現れたとか、大師堂の近くには直径１ｍ程の釜が残っていて、《一粒万倍の釜》と呼ばれているのには驚いた。空海という歴史の本に登場する偉いお坊さんというイメージだったのが、急に現実味を帯びて実在を実感させ、新しい空海像を作らせてくれるような気がした。夕食の時もそうだったが、住職の奥方らしき人が、吉岡夫婦を含め３組の泊まり客だったせいもあり、まるで親切な知り合いのお婆さまのように振舞ってくれた。三重からの長旅の疲れも吹っ飛び、リフレッシュできた気がした。いよいよ二日目スタートとなり、住職の奥方は27番札所神峯寺までの途中にある空海修行の場所、行当岬の不動岩への行き方を丁寧に説明してくれた。旅の安全と成功を祈念してくれて、金剛頂寺を後にした。

次の神峯寺には驚かされた。本殿は、傾斜45度の急勾配が約1㎞も続く。632mの神峯山の山中にあった。今は夏なのかと思うほど、爽やかな清々しい空気が流れていた。吉岡は、神奈川の長女の家訪問の帰りに、妻と立ち寄った「愛知県にある鳳来寺と似てるなー」と、あの時の記憶を思い出していた。どちらもこれじゃまるで山登りではないかと感じたものだった。

2－ⅱ　強烈な印象に残った宿坊泊まり

さて三回目は、愛媛の残り、しかし四国最高峰1982m石鎚山の中腹にある60番札所横峰寺からである。家内は仕事の都合がつかなかったことで、今回も一人旅である。西条市からスタートした。この旅で、取分け宿坊で忘れられない体験をした。これだけは書き留めておきたいと思ったのが、75番札所善通寺の宿坊である。2018年3月28日、五日目の最後の宿泊地でもある善通寺を目指していた。散歩をしているような中年男性が通りかかった。

「善通寺へは、どう行けばいいのですか？」

　するとその人は、声掛けが嬉しかったのか「生まれはこの近所だが、今は千葉の松戸に住んでいる。父が病気がちなので月に二～三度帰ってきているところだ」と言われた。

　丁寧に説明してくれ、しかも自分もその方向だからと案内役を買って出てくれた。その方と話しながら歩いていると、４時までに着かなければという心配や、今まで歩いてきた疲れとかが、どこかへ飛んで行ったような気になった。善通寺には驚いた、駐車場には守衛なのか係りの人が二人いた。五重塔をはじめとする大伽藍が望見できた。善通寺は、弘法大師生誕の地であり、広さは４５０００㎡、一大学のキャンパス位は有ろうかという程の広さである。大師の偉大さに改めて感動した。広さに驚かされながら、宿坊《いろは会館》へ向かった。部屋は２０８号室で注意点の説明を聞いた。

「風呂は4時からで直ぐ入れます。夕食は18時、朝食は朝のお勤めが済んで、6時40分頃です」と説明された。夕食は、炊き込みご飯も用意されていた。明日の行程チェックに時間を使い、それが済むと横になり休むことにした。明日訪れる五箇所は散在していて、結構歩かなければならない。8時には床に就いた。

　いつでも出発できる用意をして、朝のお勤めに向かった。ほぼ20人位宿泊していたようだ。驚いたことに僧侶は全員かと思える程9人もいた。それもそのはずで、ここが空海の生地で、京都の東寺、和歌山の高野山と並び三大霊場の寺とされているからだろう。善通寺の名称の由来は、空海の父善通《よしみち》から取ったそうである。昼間は汗ばむくらい暑かったが、朝は寒いくらいだ。時折背中の方から、ゾクゾクするような冷気が入り込んできて、一層緊張感を高めた。6時キッチリに始まった。我々の旅の安全と無事成功とを祈ってる主旨のお話があった。いよいよお経が始まった。とにかく、低音だが腹から出す声で、しかもゆっくりしたペースで進んでいった。あんなにゆっくり「般若心経」を唱えるのは、久しぶりという感じだった。その所為か、日頃飛ばしがちな箇所がよく理解できた。

「南無大師遍上金剛、南無大師遍上金剛……」

十数回繰り返されて終了した。何処からか、「『戒壇巡り《かいだんめぐ》』をして、朝食の方へ行って頂きます」との僧侶の説明があった。丁度下に降りる階段の所に一人の僧侶が立っていて、案内してくれていた。

迂闊にも、階段《かいだん》を下《くだ》りて食堂に繋がっているのかなぐらいに勝手に想像していた。そういう甘い類推は、階段を下りると直ぐに吹っ飛んだ。『戒壇巡り』とは、御影堂の地下にあり、真っ暗闇の中80～90ｍを壁伝いに手さぐりで仏様を探る仏道修行の一つだそうだ。そんなこととは露知らず、階段《かいだん》を下りて狭いところを通り抜けるくらいに思っていた吉岡には、驚愕に近かった。とにかく、暖簾のような垂れ幕があり、そこを一歩進むと、一瞬にして真っ暗、暗闇の世界となる。

「南無大師遍上金剛、南無大師遍上金剛……」と声を出しながら進んで行くというものだった。吉岡のペースといっても、早くなると前の人にぶつかるし、ゆっくりしていると後ろの人が吉岡にぶつかるということになる。とにかく片手は壁に触れ、その壁を頼りに歩く。直線ではなくカーブしている通路である。もう一方の手は前に出し、前の人にぶつからないようにする。成長してから失明するのではなく、生まれたときから視力のない人は明暗も感じられないというが、今の吉岡のような状態で生きていくのかと想像し、何故か盲人にシンパシーを感じずにはおれなかった。70～80m進んだであろうか。また暖簾のようなものが確認でき、少し見える状況だった。しかし、また直ぐ暗闇に突入した時と同じ放心状況になった。そこで思ったことは、死後の世界とはこういうものだろうかと思った。肉体から魂は解放され魂それ自身になる。今の吉岡は、肉体はあるが、そして手で壁伝いに歩いてはいるが、心は自由というか、先ほどの朝のお勤めの気持ちの延長線上にある。何の肉体的制約も感じない。こんな風に魂は滅びることなく存在し続けるのだろうか。こうも言える。明るい所にいると、外界からの情報が感覚器官を通じ次から次へと入ってきて、その情報処理に追われ時間が過ぎていく。しかし、今は情報が入らないので、今まで歩んできた吉岡自身に向う。何れにしても、このような経験は地上の普段の生活では味わえないと思った。また同じくらい歩いてから階段を上った。すると別の僧侶がいて、「ご苦労様でした」と声を掛けてくれた。

下界に戻ったという安堵感と、残りのお遍路が無事終了することを念じた。恐怖心はなかったけれど、緊張感と冒険心は消えなかった。本当に一生忘れることのできない不思議な経験をさせてもらったと思った。もし四国八十八箇所巡りをしようと思う人があれば、必ず善通寺の宿坊泊を外さないでほしい。

2－iii　思い出の宿《えびすや》と善根宿フリーライブ

六日目3月28日水曜日、この日もハードである。金倉寺、道隆寺、郷照寺、天皇寺、國分寺と五箇所、歩いて28㎞の行程である。一つだけ幸いなことに、これらの寺はJR沿線にある。駅に近い寺はＪＲを利用することにした。すると善通寺から金倉寺までは一駅なのでＪＲに乗ることにした。駅まで15分程掛かり、７時45分発の列車に乗ろうとして、駅に向う途中で会う人会う人、みんな自衛官だった。不思議な町だなと感じた。金蔵寺駅に着き、先ずお寺のお参りを済ませた。すると、次の道隆寺も多度津駅近くなので、ＪＲで行くことにした。

駅に降りて時刻表を見ていたら、孫の子守をしているおばあさんが寄ってきて、「何処から来たん」と質問を受けた。「三重の津からです」と答えると、「次は何処へ行かれるん」と尋ねてきた。「郷照寺までです」と返答した。「郷照寺へはどうされるのか」と聞かれて、「ここから國分寺まで歩くつもりです」と答えると、「それは無茶だ、無理だ」と否定された。その会話から次の宇多津駅まではＪＲで行くことにし、そこから天皇寺と國分寺へは歩くことにした。

宇多津駅に着いて、駅員に、「郷照寺へは、どう行けばいいですか？」「次の信号を右に回り、ずーっと行くと、高校のグラウンドに突き当たるので、そこを右折し少し行くと、郷照寺が見えてくるので分かります」とのことだった。

徒歩で15分、軽く考えていた。しかし右折するには、２００ｍほど先である。そこを右に回ってもグランドは見えない。とにかく突き進むと、左手にグラウンドが見えてきた、駅からお遍路さんらしき5人グループがやって来た。少し大回りしたようだ。帰路は間違えないようにしようと思った。

いよいよ郷照寺からは本格的な歩きである。瀬戸大橋がすぐ近くだし、大束川を渡ると、直ぐ瀬戸中央自動車道が10m程の頭上を走っている。気温もどんどん上昇してきて、Tシャツで歩くことにした。高速道路の日影の所で、荷物を下ろしウインドブレーカーを脱いだ。これで快適だ。坂出の町の中心街商店街を歩いて行く。この辺で昼食にうどん屋を探してみたが、なかなか見当たらない。すると背後から前日の民宿《おおひら》で同じだった白さんが来た。天皇寺、地元の人は高照院と言うのが普通らしい。天皇寺は、白峰宮という神社の境内と繋がっていて、何処までが神社でどこからが天皇寺かはっきりしない。しかし、境内の桜が満開でとてもきれいだった。

納経とトイレを済ませ、国分寺への道を尋ねた。丁寧に教えてくれた。それから少し行って出会った町の人に、「この近くで、うどん屋はどこかにありませんか」と聞くと、「綾川に架かる次の橋を渡ったすぐの所が、はやりの店だ」と教えてくれた。既に1時半を過ぎていたが、駐車場は10台以上駐まっている。店の中も大勢の客で騒々しい。吉岡はぶっかけうどんとおにぎりを注文した。

「ネギを一杯入れて下さい」と言うと、

「今ネギが切れています」と言われた。天かすとかレモンとか生姜は、好きなだけ入れていいので、とにかく入れて食べ始めた。

　四国に来て初めての讃岐うどんということで、味わってと思ったが、お腹が空いていて味わっている暇などないほどであった。とにかく腹ごしらえはできた。後は國分寺まで、いくらゆっくりでも3時半頃にはつけるだろうと思った。またまた見つけたあと2㎞國分寺という看板、もうすぐとは思っていても簡単にはいかない。國分寺へやっと着き、お参りを済ませ民宿《えびすや》へ急いだ。するととても親切でこちらの気持ちを心得ている様子のお上さんが、お待ちしてましたとばかり、部屋に案内してくれ、使い方諸注意を説明してくれた。

「次の方も来るのでお風呂にすぐ入って下さい。その間に洗濯しておきますから出してください」と言われた。明日は白峯寺と根香寺、共に400ｍを超える高さ、そして根香寺から一宮寺までは長い田園風景の中を歩く道である。ここは全て吉岡の足で歩かなければならない。他の交通手段がない所だ。

　風呂から出て、ゆっくりして明日の作戦を練ろうとした矢先である。今回の区切り打ちでの最大の大事件というか大失敗（ダブルブッキング）が起こった。吉岡の携帯に電話が掛かってきた。家からでもないし、誰からだろうと電話を取ると、どこかで聞いたことのあるような男性の声だった。

「吉岡さんですか。今どこに見えるのですか。夕食の準備をして待っているのに、どうなっているのですか」

吉岡は口がカラカラで、しかも疲れていたためかゆっくり喋り出すことも出来なかった。

「今《えびすや》にいて、お風呂に入ったところです」

やっとそこまでは言えた。

「それは構わんですけど、『自分が一日計画がずれたので、瀬戸国民宿舎に泊まらして下さいと言われたでしょう』それで他の客の泊まりの申し込みも断って、あんたを待っとるんですよ」

喧嘩腰ではないが、怒りに近い状況は声から読み取れた。

「とにかく明日の朝までに何とかして下さい」

吉岡は、急いで浴衣を脱ぎ部屋着の服装に着替え、《えびすや》のお上さんに、今の状況を話してみた。もちろん瀬戸国民宿舎への対応も何とかしなければならないが、明日の泊まりの天然温泉《雲母》の方も、予約が一杯で無理だと言われた。吉岡の頭は真っ白ではないが、『どうしようどうしよう』と叫んでいるだけだった。取りあえず、『瀬戸国民宿舎に行って、事情を話し代金交渉してくるわ』と思い、自転車を借り場所を聞いて、すっ飛んで行った。吉岡のミスであること、一宮寺近くのキララ温泉に断られたことを、瀬戸国民宿舎に断られたと勘違いしていたことなどを話し、交渉の末、夕食代分2千円で丸く収めてもらった。しかし、半分はケリが着いたが、問題はこれからである。明日の宿を探さなければならない。ゲストハウス《空と海》は、一室空いてはいるが、インターネットでしか予約を受け付けないとの事、宿のお上さんにその旨を伝えると、

「この辺でインターネット使っている人、設備のあるところはどこにもない。それより、『四国遍路一人歩き同行二人』という黄色い表紙の本持っているやろ。あれを見て片っ端から電話してごらん」

「その本は持ってない」と言うと、あの本なしでよくここまで来れたなと言わんばかりに驚かれた。

「これ貸してあげるから、片端から電話して聞いてみたら……」

吉岡はその本を開く前に、『初めての歩き遍路』というお遍路休憩所でもらった本をぱらぱら捲っていると、その中に、一宮寺から更に5㎞程行った田村町に、善根宿《スローライブ》というのがあるのを発見、そこに電話してみた。すると、6時まで

に《スローライブ》に着くこと、食料持ってくることを条件にOK。1泊5００円ということであった。

吉岡はとにかく大変だが、明日以降の見通しが立ったので飛び上がって喜びたかった。最初の電話一本で、明日の宿が見つかった。ダブルブッキングという失敗も、直ぐカバーできたのには、同行二人、お大師様が見守ってくれたのかなと思わずにはおれなかった。しかし、長い27㎞の行程である。ところが、《えびすや》のお上さんはその辺の事情をよく理解してくれていて、朝6時朝食なので、5時50分に呼びに来るとのことであった。結局6時15分頃宿を出た。白峯寺への登り口への道順、昼食はどうすればよいか、注意すべきことは何か等々、親切にアドバイスしてくれた。本当にお遍路さんしか泊めない代々続く民宿だけあるなと、感謝してお別れをした。

今日こそは、という覚悟で、白峯寺、根香寺、一宮寺、そして善根宿スローライブを目指した。白峯寺へは途中で昨日の宿で一緒だった、しかも同じコースを取る米光（山口県）さんに抜かれた。マイペースマイペースと言い聞かせながら、余り気にならなかった。1時間ほどで車道に出た。右に行けば根香寺という道路標識が出ていた。これから4㎞程車道を歩き白峰寺に行き、また戻ってきて根香寺に行く。そうすれば、『ここらにリュックだけ置いて行けば早く歩け、体力消耗が少なくて済むのではないか』何度も歩きながらそう考えた。この木の枝にでも引っかけておけばとか色々考えながら、しかし『このリュックも含めて吉岡の体の一部だから当然持ち歩いて、白峯寺までは行かなくてはいけない……』と心で葛藤しながら、まだかまだかと歩き続けた。途中から遍路道があり、そこを通れば大回りしなくてよかったが、色々リュックを置いていくべきか行くべきでないかで思案していたために、お遍路道入口を見落として通り過ぎた。それでも10分ほどのロスタイムで白峯寺へ到着した。米光さんは既にお参りを済ませ、根香寺への出発というところであった。

白峯寺は、山寺に相応しい佇まい。何処からか聞こえる鳥の声、清々しい気持ちでお参りすることができた。納経所で、根香寺への遍路道を聞いた。言われた道を進んで行くと結局、遍路道で根香寺近くまで行くことになり、宿から上り詰め車道に出た時の道路標識の所を通り越していた。だからあれ程リュックを置いて行こうかどうか迷いながら歩き続けたが、置いて来なくて幸いだった。もし置いて行けば、車道を通りぐるりと遠回りすることになっていたのだ。何が幸いするかは、正直分からないという所だ。かなり遍路道を歩いて再び車道に出ると、高台になっていて、国民休暇村五色台への看板が立っていた。瀬戸を見下ろす景色も垣間見られる気持ち良い歩きとなった。11時には根香寺に着いた。これからはＪＲ鬼無駅へ降りる道だ。雲辺寺のように長く続くわけではないので、そう腰や膝に負担はかからないだろうと思い下った。

鬼無への下り道のあちこちに桜の木が植えられていて、しかも満開、花見客が何組も来ていて、お弁当を広げていた。このようなタイミングに四国巡礼できることに改めて感謝した。行くとこ行くとこ桜が満開で、中でもこの鬼無への下りは綺麗であった。途中後からやって来た2人に先を越されたが気にならなかった。鬼無駅近くまで下りてきて、途中何処かにうどん屋がないか聞いたが、一宮の方まで行かないとないとのことであった。幸い途中に遍路休憩所があり、一休みするとお湯と梅干漬けが置いてあったので頂いた。

地図を見ると一宮寺への途中に高松高専があり、その横を通って行くのが遍路道になっているので勇気が出てきた。今は春休み中なので、学生も先生もいないだろうが、それでも校舎や全体風景を眺めていると、何か郷愁さへ感じられる気がした。まるで横線入れの籤引き道のような田んぼや民家の道を歩いて行くと、高松高専が見えてきた。蘇鉄の立派な樹が植えてある正面玄関の辺りを、何枚か記念写真に収めた。

地図を見ながら、この辺で右折すると勝手に決め込んで、２００m位行くと、何とお待ちかねのうどん屋に行き着いた。午後1時をとっくに過ぎていたが、店は大盛況であった。当然ぶっかけうどん４７０円を注文し、駆け込むようにして食べていた。

すると吉岡が座っていたテーブルの前に、老人が皿うどんを運んで来て食べ始めた。そして色々質問してきた。

「何処から来たんか」

「津です、三重県の」

「歩き遍路なのか」

「徳島は、昨年春全て歩いて回った。高知と愛媛は妻とマイカーで、その夏に回った。今回は西条市をスタートとし、宿を取って横峰寺から歩き遍路。でも適当に公共交通機関も利用しようと思っている」

「今日はこれから何処まで行くんか」と尋ねられた。

「一宮寺まで」と簡単に答えると、その老人は、「わしも回って見たかった。でもこんな足になってはもう行けん」と右足のズボンをめくり上げると、それは義足であった。老人は食べ終わって、「一宮への近道を教えてあげるわ」と言って説明してくれた。

「真直ぐ行って突き当たりを左折すれば直に遍路道に出るよって、そこを進めばええ」

吉岡は、礼を言って別れた。『真直ぐ行って突き当たりを左折』というところを、左折するはずが、何処が突き当たりか何処で左折するか分からないまま、吉岡はズン香東川の所まで行ってしまった。もうどこか分からない。吉岡は携帯を取り出し、一宮寺を目的地にし、それを頼りに歩くことにした。随分行き過ぎた感じである。しかし今度は間違えずに、携帯ナビを頼りに進んでいった。やっとの思いで、目的地の一宮寺に着いた。あと5㎞歩かなければならない。善根宿《スローライブ》への行きかたを印刷してある小さな案内紙を、寺の人から貰った。携帯を頼りに進んでいった。3時半ごろ《スローライブ》に到着した。よくぞ今日ここに辿り着けたものだと感謝した。地獄で仏とはこのことではないかと思った。今回の区切り打ちが成功裏に終わるか否かが、この一宮の突然の変更をカバーできるかどうかに掛かっていた。それが今、ひょっとして成功裏に実現しつつあるという思いである。ここは高松市田村町、高松自動車道のすぐ下である。管理人の方にお会いすることができた。

「早かったねー。それじゃ使い方や諸注意を説明するから入って下さい。今日6時までに宿泊希望の到着者がなければ君一人だけである」

キッチン、風呂、便所、寝具それぞれの説明があった。

「使ったものは、また元のままにして出ること。ここに利用者の必要事項を記入して下さい。気付いたこと、コメントがあればここに書いて下さい。質問ありますか。まだ隣の事務所にいますから、あれば来てください」

　吉岡は牛乳が飲みたくて、「コンビニか、スーパーはどこにありますか」と聞いた。するとその管理人は、「近くに業務スーパーがある。そこに確か牛乳も売っていた」と教えてくれた。

　そこに出かけて行って、牛乳、ヨーグルト、カップヌードル、納豆を買ってきた。そして先ず風呂に入り、ゆっくり落ち着いてから、買って来たものを中心に夕食を食べた。明日の計画をじっくり練った。84番札所屋島寺、85番八栗寺、86番志度寺である。60番代や70番代の寺を回っている時は、まだまだという気持ちで本当に終了できるのだろうか、不安の方が大きく終わりを想像することはできなかった。しかし、昨日から80番代になって、しかも、あと四つ三つと減ってくると、自信というか勇気というか奇妙な力が湧き出てきて、とうとう八十八箇所完遂の思いが漂ってくるから不思議である。しかしまだ終わってはいない。志度寺までは26㎞簡単ではない。ゆっくり時間配分、出発時間、昼食場所等を検討しなければいけない。今日はゆっくり早めに寝ることにした。夕食後は何もすることがないことにもよる。

　3月31日終に念願の大窪寺に辿り着いた。八十八箇所歩き終えた。語り尽くせぬほどの思い出がある。第二回目の四国お遍路へのチャレンジはあるのだろうか。

セカンドライフを意識し、これから取り掛ろうとする人に最ものお勧めは、四国巡礼の旅である。野菜作りもお勧めだが、決定的な違いは次の点だ。野菜作りの方は、庭や畑という同じ場所において、野菜を作る過程、出来上がった作物から、言い尽くせぬ喜びを頂く。生命に触れ、自分も元気をもらう。子育ての母親的喜びの一面を持つ。

それに対し、巡礼は、移動・変化・旅の喜びである。問われているのは自己管理、自律性、目的達成である。行ったこともない場所に行き、初めて見る景色に感動し、色々な人との出会い、その人との会話から元気を頂く。今まで経験したことのないものに直接触れ体験することは、脳を活性化すること間違いない。加えて、毎日20㎞前後歩くことは大変きついことだが、徐々に慣れて80番札所近くになると、カウントダウンというか、内から力が湧いてくるから不思議である。そして、八十八箇所回り終えて結願した暁には、今度は精神的自信というか、他のどんなことにもやればできる。あの時の困難さと比べれば、何とかなるという不思議な力が湧いてくる。まして、季節が合えば、満開の桜の中、秋の紅葉の林の中を思う存分味わうことができ、深く心に印象つけられる。四国八十八箇所巡りは長い歴史があり、地元の人の巡礼者への温かく優しい接し方には頭が下がる。「お接待」という具体的施しに限らず、会う度の挨拶、道を尋ねた時の丁寧な説明、地図を見ながら道路の真ん中近くを歩いていても、前から来た車はクラクションを鳴らして警告することなく、巡礼者の気付きを待っていてくれる優しさがある。

とは言っても、香川の一宮寺に向かう前のうどん屋で出会った義足のお爺さんではないが、誰にでもできることではない。日頃の体力トレーニングと、旅の必要経費（1日×1万円）、そして何より、綿密な計画の上に実現するので、どれを欠いても達成が難しい。それにしても、結願することが出来れば、生まれ変われるとは言わなくても、一本筋が通ったように、新しい気持ちの持ち方が出来るようになることは間違いない。《千里の道も一歩から》この言葉の通りである。

四国八十八箇所巡礼の旅は、形からすれば、人生パターン『Ⅲ　神と共にある至福の生』に相当するだろう。同行二人弘法大師との旅という点では当たっているが、真の信仰心から出た旅かというと「?」である。

3　アンニョンハセヨ（日韓親善テニス交流会）

3－i　住田先生との出会い

歳を重ねてもそれなりに持続して手軽にやれるスポーツとして、60歳頃から一生懸命取り組んだのがテニスである。学生時代クラブに入ったわけでもないし、コーチから指導を受けたわけでもない。自己流で、スライスが得意のテニスである。年に一回津の夢学園で、三重県教職員テニス大会があることを知り参加した。そこでその会を取り仕切っているような役割の住田先生（元津商業高校教員）に、お会いすることが出来た。お互い順番待ちで休んでいた時、先生から声をかけられた。先生の話によると、

「既に2001年全国スポーツレクリエーション三重大会以来、日韓交流テニス大会を実施していて、次回は韓国で実施される。君も参加しないかね」と誘われた。

吉岡は大いに興味があり、「参加したいです。是非お願いします」と言ってから、

2012年昌原・釜山市の大会以来、毎回参加させてもらうことになった。毎年韓国と日本をお互い交互に行き来し、友達付き合いから親戚付き合いのような交流を続けている。2014年にはソウル中心の大会には、妻と一緒に参加させてもらった。妻はテニスをせず付添家族ということで、ソウル市内ツアーや買い物と、別メニューを組んで頂いた。妻は、温かいもてなしや、次から次へと飛び出す韓国料理に、少し驚きというかカルチャーショック気味だったようだ。経済や政治情勢がどうあろうと、いつも熱い交流を続けている。ただ、今回のコロナ禍においては中止せざるを得ず、2020年の韓国訪問は中止になっていて再会が楽しみである。

韓国ではいつも大歓迎を受ける。歓迎会となると潰れるまでとは言わないが、酒（ビール《メクチュ》か焼酎《ソジュ》）が注がれると飲み干すのが礼儀で、飲み干すと相手に注いで相手がそれを飲み干し、いつまでも続く状態となる。何処かでギブアップを宣言しないと大変なことになる。韓国の男性は皆酒豪というか、お酒がとても強い。底なしのような人が何人もいる感じがする。宴会の後は決まってカラオケ店に出向き、そこでまた何曲か歌い合い、最後は肩を組んで踊りだす始末である。

3－ii　ハングルの勉強

吉岡は教員時代修学旅行で、韓国を二度訪問したが、韓国語を知らなくても不自由はしなかった。しかし、今回は自由意志で参加するのだから、片言喋りたいし理解したいと考え、色々勉強した。そこで、どうしても話す必要がある場面がやってきた。

２０１４年の訪問での、ソウルの百貨店で、帰国に際し土産物調達の自由時間が90分ほど許された。柚子茶、蜂蜜、韓国のり、コチュジャン等の名産品を、グルグル回りながら購入していたのだが、急にトイレに行きたくなった。辺りを見回すと、百貨店の売子らしき女性がいたので、吉岡は思い切って、これだけは言えるようにと覚えてきた「ファジャンシル　オディエヨ？（トイレはどこですか？）」と尋ねたところ、「ファジャンシルン　チョチョギ　イムニダ（トイレはあちらです）」と答えてくれると同時に10ｍ程の向こう側を指さしてくれた。

女性の返答の意味はハッキリ分からなかったが、指差してくれたところから、吉岡の言ったことが通じた。ハングルが伝わったと感激し、これならもう少し色々なことが喋れるようになるように、近くて遠い国と思われている国の言葉ハングルを、勉強しようと決めて今日に至っている。しかし、ハングルで一言喋ると鉄砲玉のようにハングルが返ってくるので、お手上げというのが現状だ。それに今は便利で、携帯やEXwordという辞書を使えば、日本語をハングルに、ハングルを日本語に翻訳してくれる。伝えたいことは、機器を介して不自由しないことに慣れてしまう始末である。それはそうと、ソウル体験で忘れられない思い出がある。

3－iii　日韓交流　ホテル　イービス（ibis）

日韓交流テニスでソウルを訪れた。吉岡にとっては四回目だ。出発の2018年10月6日は、折からの台風25号の接近で、津からのフェリーが出るかどうか、ソウル行きの飛行機が飛ぶかどうか、大変危ぶまれた。夫々の運行停止のニュースがないということで、計画通り実施されるのかなと、心配しながら家を5時4分に出た。なぎさまち6時発のフェリーは予定通り出港し、それ以降の便は分からないとのことであるが、とにかく乗船し動き出した。防波堤を出ると途端に、船は揺れ始め、横殴りの雨は降ってきた。とにかく忍の一字と決めて様子を見たが、一向に静まるどころか、増々激しく揺れる一方である。上下前後左右運動、加えて右側の窓は5秒おき位に打ち付ける波飛沫がかかり、どうなることかの心境である。結果的に申せば、フェリーが動き出してから15分位、乗船時間の三分の一は荒れまくりと言うか、どんどん深みへ嵌まり込むような時間であった。吉岡も気分が急に変になりだし、朝起きてから何か食していれば、おそらく吐き気を催したであろうと思われた。幸い、昨晩7時過ぎから何も食していなかったので、気分変調だけで済んだ。しかし冷汗ではないが、額、脇、腕、手が大いに汗ばむ状態になった。しかし次の15分は、徐々に揺れが小さくなってきた。空港の港に着くと、横殴りの風が激しく吹き出していた。

9時セントレア発チェジュ航空仁川11時50分到着予定、既に雨風が強まりつつあった。加えて台風で、飛行機発着するかどうかである。風速20m以下なら問題なく飛ぶとのことであった。チェジュ航空は超ローカル路線で、25番ゲートから更にバスに乗り、そこから搭乗する。飛び立つと一挙に雨雲を抜け出し青空も見えた。けれど着陸は、台風が丁度朝鮮半島の釜山辺りに上陸するかも知れないので、大丈夫か心配だった。しかし杞憂であった。着陸も天候も問題なかった。これで4度目だが例によって、韓国の進動協会の人達10人位が出迎えてくれていた。もはや親戚付き合いのような感じさえするから不思議である。

大揺れのフェリーでの不快な気分はだいぶ回復していたが、何か平常心とはかけ離れた気分だった。仁川で昼食、中華街観光ということで、観光バスに乗り込んだ。懐かしい景色、飛び込んでくるハングル文字、修学旅行で学生引率の千歳に降りた時と、季節景色は似てるなと思った。関羽の像がある中華街入口の有名な店で食べることになった。そこでチャンポン麺を頼んだ。加えて４人に一皿山盛りの酢豚の味の豚の揚げものと、いつもの４品の副菜である。チャンポンの方は、キムチチゲの味がするスープに、大きめのエビが２匹入っていて、長崎チャンポンとは似ても似つかぬ味だった。夕食は漢江大橋からの花火見学が終わるまで食べないとのことで、十分食べておくようにとの指示があった。

食べ終わり、店の前にある関羽の像の手に触れると願い事がかなうと言うので、手で触り３度撫でた。そして中華街観光に出かけた。３００ｍ程ぶらぶら歩いて行ったところ、何度も映画テレビの撮影の場所となったという１００段ほどある石の階段の所に来た。横幅は10ｍ近くあり、20㎝角の長方形の花崗岩風の石でできている。登り着いた所には車で来れる道があり、その上はかなり広い林で、散歩コースがあった。上からは仁川の街が見下ろせた。全員の記念写真を何枚か撮った。次に一番最初に中華の店を開いた建物が、記念館になっていて入った。家族の誰かに記念となること（誕生日、卒業、就職）があると、ここで祝いの宴を催した様子が、本物そっくりの人形で作られていた。それから５００m位歩くと、中華街の歴史博物館があり見学した。1Fの奥には、チャイナ服・帽子を自由に着て写真を撮ってもよい、まるで映画セットのような一室があり、お気に入りの衣装を纏って写真に収めた。

最初の観光を終え、二日間宿泊するホテルに向かった。明洞にあるイービス（ｉｂｉｓ）ホテルでチェックインし、荷物を置いてから花火会場、夕食、カラオケ、そしてホテルに戻ってくるとのことであった。4時半を過ぎ、全長３００m程もありそうな漢江大橋からの花火見物に出発することになった。韓国一の打ち上げ花火かどうか分らないが、とても大規模で、6車線の車道、両サイドに1車線幅はあろうかという歩道、その歩道の欄干側にマットを敷き、宴会をするグループ、カメラセットをする人、お喋りに興じる人達、引っ切りなしに通る通行人と警備のお巡りさん……。既に欄干側は何処も彼処も一杯ということで、我々は車道に近くの歩道にマットを敷いて待つことになった。そしてその間にも、引切りなしに人々と警察官が通っていく。7時頃から、カナダ、オーストラリア、韓国の順に花火が打ち上がるという案内が何処からか聞こえてきた。国別対抗のような形式で行われるのも珍しい。

暫く時間があるので待っていると、差し入れと言って会長が、鶏の唐揚げ、大根の甘酢漬、缶ビールを買ってきてくれた。まるで、日本の満開の櫻の下での花見か、山形の芋煮会のような雰囲気になってきた。そうこうしていると時間となり、花火が上がり始めた。私的見解では、長岡、大曲、熊野の花火の何れにも及ばないが、初めて見るには驚愕するものだろう。走っていた車も留まって花火見物となり、警官は前に進むよう命令し続けていた。8時45分ごろ終了するが、夕食予約時間のため、8時半頃移動を開始した。橋の上を歩いている時も、近くの地下鉄の駅まで歩いていた時も、戦闘機が落す爆弾の炸裂する音みたいに強烈な花火音が、高層ビル窓に反響し続けていた。人々で溢れていて、韓国の仲間の人とペアを組んで、その人から離れて迷子にならないようにして歩き、地下鉄の駅に着いた。今夜は焼き肉（プルコギ）パーティーとのこと、盛大な歓迎会、会長の挨拶があり皆で乾杯となった。ペアで案内してくれた金さんと色々話をした。

「これは日本語ではこう言うが、ハングルでは何と言うのか」とか「何処にお住みですか」等々。英語とハングルのチャンポンで話すのだが、結構通じるなと思った。

ホテルに戻ると11時を過ぎていた。シャワーをして布団に入りながら、気になるホテル ibis（イービス）という名の由来を考えていたらやっと答えが見つかった、これはラテン語に由来し、ラテン語で、《行く》は《eo（エオー）》いう。その未来形 ibo

（イボー）の変化は、一人称単数ibo、二人称単数ibis、三人称単数ibit、夫々の複数形ibimus、ibitis、ibuntとなる。その2人称単数形がibis（イービス）となる。英語で言えばYou will goで、《あなたは行くでしょう》となり、それがホテルの名前なのだ。つまり、1人称で言わないのは、ホテル側が1人称で、ホテル側から見て、利用する客が2人称、その客がホテルを起点に色々な観光地、行事、友達との再会等々に、このホテルを起点に、行くでしょう。そこから《イービス：あなたは行くでしょう》をホテル名にした。吉岡は、飛び上がるほどうれしくなり、早速明日のテニスコートへのバス移動の際に、日本から来た仲間にホテル名の由来を説明した。テニス仲間たちは何をそんなに興奮しているのかと、きょとんとした風だが、冷めた表情ながら、説明は理解して頂けたようだった。

とにかく、国際交流、草の根の日韓親善、下手なテニスの継続、色んな意味を込めてハングルの勉強習得は70の齢にムチ打って取っ組み中である。目を広く世界に向けるという点では、この取り組みはセカンドライフに新鮮な風を送り届けてくれている。世界中に広まっているコロナの影響と、日韓慰安婦問題以来冷え込んだ政治情勢の中で、交流再開はどうなって行くのか、今のところ不明である。

これが人生パターンのどれに当てはまるかと言えば、Ⅰにも Ⅱにも関係するが、Ⅲのキリスト教の最大の戒めの１つである《隣人を愛せよ》には、ピッタリ合っているのではないかと思う。政治的状況は、冷え切っているとしても、我々はテニスを通じ、いつも変わらず仲良く接し合う。隣人愛的精神に溢れているように思う。隣人を愛することと＝神を愛することというところまでは行かなくとも、草の根国際親善は、リライフには心の清涼剤として作用すること間違いない。早くコロナが収まって、再会されるのが待ち遠しい。

4　ポイントヴァケーション（仮別荘）

吉岡の母弥生《やよい》は、クモ膜下出血で1980年54歳で他界した。吉岡にとって母の思い出は、口数が少なく控えめで、苦難や苦痛を表に出さずに耐えながら、常に前向きに過ごしていた印象がある。時間に余裕ができ、思い出したように部屋の壁に逆立ちしている姿。収穫した大根数十本を、一輪車で十数km離れた仕事場まで運んできたというのは、地元の人にも有名な話になっていた。吉岡が母と一緒に出掛けた思い出は、1970年の大阪万博だけだ。《月》から持ち帰った石が飾られているというアメリカ館のような人気館は人人人で入れず、マイナーなアジア・アフリカ館しか見れなかったのに、それでも母は一緒に来れたことで満足している様子だった。何も感謝の意を伝えられないまま帰らぬ人となったのが、悔しくて残念でならない。

父求《もとむ》は、2005年84歳で膵臓癌で他界した。父は強運というか、何度か死に目に遭ってきた。一度目は、太平洋戦争で陸軍志願兵としてフィリピンのレイテ戦に加わり、九死に一生を得た。二度目は、山での木こりの仕事で、下山に金車に乗りブレーキが利かず大木に激突、右膝損傷の５級の身体障害者となった。三度目は、農協の仕事に就いて間もなく、春先に２ｔトラックで注文を受けた家に肥料を配達中、荷台にいた父は顔を運転席屋根と配達先Ｈ家の石門とに挟まれて右目の視神経損傷。そして更に、父から聞いたところでは、尋常高等小学校出てすぐ名古屋の親戚筋の洋服屋で、洋服仕立て職人目指しての修行中に、慢性中耳炎になった。医者に診てもらった時は既に手遅れで、右耳は生涯薬物治療が必要となった。耳と右膝と右目に、ハンデキャップを持って余生を送っていた。しかし、母に先立たれてからは至って元気で、吉岡と一緒に暮らすことになってからも恙なく過ごしていた。晩年の膵臓癌、肝臓への転移は避けられなかったのか、寿命だったのかと思うと、残念でならない。

そのようにして両親が他界し、家の宗派は曹洞宗であった。両親の遺骨を本山の永平寺にいつか納骨に行かないといけないと思い続けてきたが、中々行く機会を持てなかった。今70歳になったということで、漸くその時がきたと考え、妻と共に本山永平寺を訪れることを実行しようと計画することにした。

「一度機会を見つけて、永平寺に納骨供養に行かなあかんなー」

すると妻は、

「色々調べてたんやけど、丁度うまい具合にポイントヴァケーション（Point

Vacation→PV）という全国30ヶ所ほどのホテルを、別荘感覚で利用できる会員募集を兼ねての体験宿泊を、永平寺近くの山中温泉で実施しているのを見つけたんや。永平寺日帰りは無理やから、一度これに参加してみたらどう？」

「それいいなー。参加して、永平寺納骨参拝も済まそう」

話がまとまって、その体験募集に参加してみることにした。取りあえず永平寺の納骨法要を先に済まそうということで、本山に向かった。5月ということで、雪深い冬の様子は想像し難かったが、その規模といい、時々出会う修行僧雲水の行動といい、山の傾斜地に大伽藍が集まって建てられている境内といい、良い体験をさせてもらった。その時吉岡家のように永代供養に来て、ご祈祷してもらっている家族は8組ほどあった。亡き両親の安らかな眠りを祈願した。それと共に、両親が生きた太平洋戦争という困難な時代、二度に亘る大怪我との闘い、分家という何にも無しからの立ち上がり、ここまで吉岡を育て、見守り、応援してくれたことに感謝し、改めて愛の大きさに頭が下がる思いがした。しかしこれからは、自分らが吉岡家繁栄と子供達孫達が立派に大きく育ってくれることとの礎にならなくてはいけないと、強く強く実感した。

山中温泉の中のPVに着いて、夕食を済ませた。すると担当の人から、入会についての色々説明を受けた。入会金は少し高額な投資だけれど、盆と正月の子供や孫が帰省して来た時の湯の山温泉のＰＶを利用できる。それにこれからの老後であちこち旅行して、全国各地を別荘代わりに利用できるとなると、第二の人生には最適ではないかという結論に達し、入会することにした。70歳以上の入会は、少し割引もあった。

次の日は、東尋坊越前海岸をドライブして、楽しい時間を過ごせた。特に印象に残っているのは東尋坊の柱状節理の切り立った岩場に、比較的波が穏やかだったにも拘わらず、打ちつける波と水飛沫の音響は、ここが自殺の名所だとされる理由が想像できた。その後のんびりと越前海岸を走りながら、きれいな眺めを満喫した。でもやはり太平洋海岸とは違うなと吉岡は納得しながら、北陸名神自動車道を通り、関が原ＩＣから国道３６５号で帰路に着いた。

それから今日まで、ＰＶを数回利用した。その年のお盆に長女の家族と湯の山温泉にあるＰＶ施設を利用した。２０２０年8月12日県民の森に向かい、そこで2時間程《冒険の森》を散策した。途中に十種類ほどアスレチックの遊具施設があり、孫たちは『できるできる』とトライしてみたり、失敗してやり直したり、汗だくになりながらも十分楽しめた。そしてＰＶ湯の山に向かった。そこの温泉は最上階にあり、鈴鹿の山々が目の前に迫っていて、街から30分ほどで味わえる景色と思えない充実感だった。案内された部屋は、一番大きな部屋だったので、長女直美家族、独身の長男、次男とそれに吉岡夫婦、孫2人合計6人、一夜を過ごすことが出来た。吉岡家が一堂に会し、夕食、入湯、団欒の時を持つ。これ程幸福な時間はないと感じた。次の日は、皆で御在所岳に登った。登ったと言っても、ケーブルカーを利用した。東洋一長いとされるケーブルカーから見下ろす景色は、孫達も興奮気味であった。頂上駅について、元カモシカセンターがあった広場に向かった。曇り空で少し風があったが、快適な温度であった。そこでシャボン玉遊具セットを購入し飛ばしたが、次々と飛ばせるシャボン玉に孫達は大はしゃぎであった。まだ赤とんぼは見かけなかったが、さすが鈴鹿国定公園内だけあるなと思った。

他に妻と二人で、一回は志摩にある施設。もう一回はgo to travelを利用して広島中心の中国地方の旅で、湯の坂温泉施設を利用した。2020年11月3日は、倉敷の大原美術館、4日は宮島、5日は錦帯橋、広島市内、6日は、しまなみ海道、尾道に寄って帰途に就いた。妻と「……ああだ……こうだ」と言いながらの旅は、与えられた時間と機会に感謝するしかないと感じている。

PVの欠点は、利用者が多くどの施設も既に予約している人で一杯で、余程人気のない場所を除いて、中々空きを見つけるのが難しいという点である。特に利用したい時期に、利用したいPV施設が他の人達と重なって簡単に利用し難いという問題点がある。

先祖の供養という建前で取り組んだが、行き当たりばったり的要素の強いところから、人生パターンⅠ路線というところであろう。

5 「何故山に登るのか？　そこに山があるからだ」
G・マローリー（大山　朝熊岳）

5－i　大山登山

長女直美は大学を出て、神奈川の教員に採用された。大学のクラブが一緒だった大森祐二さんと、大学以来の長い付き合いの末結婚し新居を設け、二人の子供に恵まれた。二人とも小学校教員で、学校や園での色々な行事、子供が病気（発熱、嘔吐、下痢、感冒等）になる度に、吉岡夫婦（じーじとばーば）は、平塚を訪れていた。そこで、直美の家近くの360度一望できる湘南平に行ってみようということになった。展望台から見渡した時、前方に相模湾、太平洋が広く遠望できる。反対の陸地側を向くと一つ際立った独立峰が見える。

「あれは何という山かね？」と尋ねると、直美の夫祐二さんが、「あれですか。あれは大山です」と答えてくれた。山の形といい、高さといい、見るからに妻と一緒に登ってみたい、登ってみようという気持ちになった。

妻と一緒に神奈川の丹沢山系西南に位置する独立峰、大山に登った時の経験は、お互いに一生忘れられない。長女夫婦が神奈川にいるので、秋休みの２０１９年９月末に訪れる機会がやってきた。鈴鹿山系の御在所岳と同じくらいの高さ１２５２ｍの大山は、多くは霧か雲に覆われ雨を降らせるもとになると思われていて、別名雨降山‥あめふりやま→阿夫利山とも呼ばれ、地元の人に古くから親しまれ、よく登られている山らしい。

「今度の日曜日、大山に登ってみようと思っているけど、皆はどう？」

そう直美の家族に話しかけたら、

「じゃー、この日曜日皆で大山に行こう」ということになった。

我々夫婦は大山頂上に登山するという計画で、早めに出発した。子供孫たちは後から来て、ケーブルを利用し、大山ケーブル終点駅の阿夫利神社境内で過ごす。我々が下山後、子供らと合流することで計画はまとまった。

大山は、参道の28丁目まである丁目石から想像がつく。普通の山だと殆どが1～10合目で示され、10合目が頂上である。そしてその何合目かを示す標識が、木やプラスチックや合金で出来ている。ところがここは石碑とでも言おうか、石に丁目が刻まれた15cm角の30cm程地上に出ている石柱である。その日も沢山の子供連れ夫婦、老齢のカップルや老人仲間、数人の山ガールのグループ、勿論単独登山者にも多く出会った。三桁に達する登山客が山頂を目指していた。我々夫婦はとにかくマイペースで、お互いの無理のないペースで登ることにした。大山参道のお店が並ぶ通りを過ぎると、大山ケーブル乗り場に出る。そこからは右側が男坂、左側が女坂と別れる。

「どっちを選ぶ?」と、妻に聞くと、

「男坂にしよう」ということになった。急な石の階段や、坂道を過ぎて、阿不利神社に着いた。とても見晴らしが良い広場があり、相模平野が見渡せた。ここで子供たちと合流する予定だ。ここからはもう一踏ん張り、登山者にしか会わない登り道だ。16丁目石までは本当に急な上りが続いた。そこからは尾根歩きになる。とは言っても、周りに樹が生え見晴しは良くない。20丁目石の富士見平に出た。

「もう一寸で頂上や」

最後の最後もきつかった。

「着いた」

しかし、頂上に着いて眼下に広がる相模平野や少し霞んだ相模湾を遠望した時、やったという征服感というか安堵感で疲れも余り感じなくなった。既に数組のカップル、グループと思われる人達が休んでいた。そして、直ぐ後から登ってくる人々も目に付く。一休みして、少し霧雨というか、ガスが立ち込めてきた。なる程この山の別名が、雨降山《あめふりやま》と呼ばれる理由が実感できた気がした。

「子供らが待っているから行こうか」

下りは雷の峰尾根を通り、神社に着く周回コースもあったが、遠回りということで登りと同じ道を下りることにした。16丁目石近くまで下りてきた。そこは、急な登りが終わり、誰もが一休みしてみたくなるのに絶好の場所だ。その付近に、大人が数人座れるテーブルのような休憩設備が2組あった。

「ちょっと休憩しょーか?」吉岡が妻に声をかけると、

「丁度水飲みたいと思ってたんや」妻は答えた。

そこでビックリするような出来事が起ころうとは、予想もつかなかった。我々が休んで数分経ったであろうか。下から中年の立派な体格（体重90kgくらい身長175cm程）の男性が登ってきて、もう一つの長椅子に腰を下ろし、休憩するかに見えた。その男性が座ったと思った一分も経つか経たないかの間に、

「グァーー」

突然絶句というか聞いたこともない大声を出していきなり立ち上がり、前に卒倒し

た。周りに休んでいた人達は何が起こったか、茫然自失の状態でいた。たまたま下山してきたカップルの誰かが、

「心臓発作だ。心筋梗塞だ」と叫んだ。その中に看護師の現役か心得のあるであろう女性がいて、

「仰向けで、頭下げ気味にして気道を確保して」

すると、数人の男性に、

「心臓マッサージ、やり方は胸部溝落ちの辺りを、手のひらで思いっきり強く脈拍を打つ間隔で圧迫、それを数名男子数分間交替でやって」

別の一人には、

「ケーブルの大山終点駅近くに設置されているＡＥＤを取りに行って来て」と、命令口調とも思える指示が飛んだ。そして更に、

「身分を示す免許証か何かないか。服装やナップサックを探して、消防署に救急連絡し救助を要請して」と叫んだ。辺りは事故現場状況となり、慌ただしさの中に重苦しい時間が過ぎて行った。

20分くらい経過したであろうか。救助ヘリが飛んで来て、上空を数回旋回した。しかし、霧で覆われているようで視界が悪く、救助活動は不可能と判断したのだろう引

き返して行った。視界が良くなれば出直すらしいとのことだった。

余りの突然のことと、プロ並みの女性指示者の指図通り進行していて我々の入る余地がなく、蘇生回復を祈念して下山した。ケーブル駅の神社近くに下山して間もなく、救助ヘリが再びその辺りにやって来た。10分ほど上空で移動停止を続けていたかと思うと、突然厚木の方向に飛び去っていった。次の日の朝刊に、《大山登山中の男性の心臓発作による死亡》との記事が載っていた。子供達を含め家族に、起こった一部始終を話し合った。人間の命、寿命、運命とは何と儚いものであり、何時自分達がそのような状況の当事者になるか分からない。まさに《朝には紅顔ありて夕べには白骨となる》（和漢朗詠集）を、目の前で見せつけられた気がした。改めて、登山を含め運動の前の準備体操、健康管理、日頃の生活習慣等が、他人事ではなく大切であることを教えられた気がした。

5―ii　朝熊岳登山

更に夫婦で登った山で印象深く思い出すのは、２０２０年10月30日（金）の伊勢の朝熊岳道ハイキングコース縦走である。このコースは運動靴でも登れるハイキングに最適である。秋本番しかも金曜日ということもあり、10組ほどのペアにしか会わなかった快適登山であった。近鉄鳥羽線の朝熊駅近くの出会いの広場駐車場に、車を駐めて歩き出した。朝熊山は伊勢神宮の北東にあり、神宮の鬼門を守る霊場として古くから人々の参詣客で賑ったらしい。その証拠に、ここも、凡そ１００m毎に二十二の丁石が道案内役に立っている。丁石といえば、去年の大山と並ぶ古くから愛されてきた道であることが想像できる。杉や桧そして広葉樹で覆われた山道を登っていく。

　暫く行くと、ケーブルカー跡という場所に出た。往時の賑わいは想像できないが、傾斜度32度の日本一の急こう配を登るケーブルであったらしい。正に想像の世界である。後一踏ん張りと、お互い励まし合いながら二十二丁石の峠に着いた。だらだらした上りが随分続いた。出発から1時間半位経過していた。

「やっと着いた。ちょっと休もう。ここから朝熊山までは尾根歩きや」

「ええ景色やなー。風もあるし」

　そこには昔《東風屋》という宿屋があったらしい。休憩用ベンチが置いてあり、そこから見える伊勢湾を望む景色は、素晴らしく疲れを忘れさせてくれるほどだった。ここから、山頂までは殆ど平行移動に近く、車が通れる車道を通り朝熊岳山頂５５

ｍに着いた。後から来た夫婦らしき人に記念のシャッターを押してもらった。

　少し下り道を行くと空海に縁のある金剛証寺、今は臨済宗の禅寺になっている立派なお寺に出た。どう見ても、山の上の寺とは思えない作りであった。更に15分ほど歩いて、お目当てのスカイライン朝熊山頂展望台に着いた。２時間半に及ぶ山歩きで、すっかりお腹もすいていた。売店食堂のようなところで、志摩うどんというのを注文した。とろろ昆布とアオサとちくわの天ぷらが2個入ったこの店独特のものであった。食事を済ませ、天空のポストと呼ばれている所に来た。投函する手紙はなかったが、ここの消印を見たら、貰った人も目を留めて、訪れたくなるのではなかろうか。展望台からの景色は素晴らしかった。３６０度遮るものが何もない。足湯はやっていなかったが征服感、満足感に十分浸ることができた。三重県にこんな良い所があったのかと、皆に広め推薦したい気になった。車で伊勢志摩スカイラインを通り、アッと言う間に来ることができるが、一度是非歩いて登ってくることをお勧めする。来た時と同じ道を通り、一時間ちょっとで出会いの広場駐車場に着いた。

「近くに温泉があれば最高やのに」と言いながら帰宅した。

　ワンデーハイキング（one day hiking）としては1～2位を争うお奨めコースである。

定年退職後もお天気と相談して、近くの山登りを毎日曜日毎に登っている。鈴鹿セブンマウンティンズと経ヶ峰をホームグランドとして利用している。妻も用がなく気が向いた時は一緒に登る。今まで、藤原岳、御在所岳、入道ヶ岳、経ヶ峰とを一緒に登った。鈴鹿の山は、千メートル前後で、比較的手軽に登ることができる。登山道がハッキリしていて先ず道に迷うことは、余程のミスが重ならない限り考えにくい。1月～2月には積雪があり、スパッツ、手袋、防寒具が必要だが、注意して登れば、それ程困難なく踏破できる。どんな山でも、登りはきつい。何故こんなえらい目に遭わなきゃならないのかと、自問自答したくなるのが常である。それでも山は魅力的なのである。苦と快は隣り合わせ。苦を通り越せば快ないし喜びが待っている。40分上り、5分休憩のペースで登るが、担いでいる荷物を下ろしただけで、爽快な気分になれる。頂上で食べるおにぎり、即席ラーメン、みそ汁は特別美味しい。

それだけではない。お奨めする理由は、先ず第一に、その日の天気、季節の変化、吉岡のその日の調子などによって、毎回違った印象を持つ。いつでも、新しいドラマが始まると思わせる。それで、どんな悩み事、心配事を抱えていても、頭はニュートラルというか、出発点に戻ったような気持ちになれる。第二に山道に入るとすぐ感じることは、空気の味が違う。言われなくても深呼吸したくなる。フィタンチッドの恩恵を受ける。更に小鳥の声、あちこちに花や木々の変化に富んだ色彩に出会う。春の新緑、秋の紅葉、冬の雪化粧……、それはそれはご褒美とばかりに迫ってくる。直接自然に触れる喜びは、心を新鮮に保ち、年齢を感じさせなくしてくれる。第三は、歩くことが、筋力鍛練と、健康チェックに繋がっている。一日で一万歩前後歩くことは、熟睡を約束する。そして山歩きの日は、決まって近くの温泉に入って帰ることにしている。湯船に足を入れた瞬間、これが幸福観というものかと想像すると共に、入浴が疲労回復、足の筋肉痛を起こさないことに繋がっている。第四は、頂上からの眼下を見下ろした景色である。先ず大空と大気が余りに近く感じられ、これが本当の青空かと驚嘆する。スカイブルー、無数に近い様々な雲、時には雲海に出合う。そして、地図で見るのとは違った印象景色が、眼下に広がっている。吉岡の家とか、通って来た道を探しながら、人々は何という狭い空間の中で齷齪しているのかとか、高速道路を走る車の移動を見て、日頃の生活移動から見える景色とは全然違う景色の広がりに、改めて吉岡のこれからしなければならないことを自覚する。

　しかし、山登りはマイナス面を十分考慮しておかなければならない。常に危険と隣り合わせで、一歩一歩にも細心の注意が必要である。他所事を考えていると、何時登山道から外れたり、転んだり転落するかも分からない。注意していても雪道だと、何回か滑りこけることは避けられない。登山道を踏み外せばとんでもない所に行って、目的地から外れてしまうことになりかねない。そういう時は、常に迷ったところまで引き返す勇気を持たなければいけない。すべて順調でも、山の天気は急変することが大いにある。天気予報では雨は降らないと言っていたのに、山の天気は平地よりも、何時間も早く変化する。まして雷雲にでも遭遇しようものなら生きた心地もしないほどである。何はともあれ万全の準備、体力トレーニング、登る山の事前調査と万全の準備は欠かせない。しかし、そこから得られる様々な体験は、心をときめかせ、また山に登る希望と勇気を与えてくれること間違いない。山登りの楽しみを知らないで人生を過ごすことは、人生の楽しみの半分を知らないで過ごすことになると言っても過言ではない。

山登りは、行き当たりばったり的要素が強く、人生パターンⅠに入るが、しかし、頂上めざし、困難克服という点では、Ⅱの勇気という徳を磨く訓練の一つとも言えるだろう。

第3部　これからの吉岡家

吉岡は75歳、後期高齢者の仲間入りをした。平均寿命的には人生の大半（9割程）の時間を過ごしてきたことを自覚すると、俄に身体的社会的活動の減退は現実的なものとなる。終には何れの活動も、限りなくゼロの方向へ進んで行くのであろう。毎日続ける肉体鍛錬と、精神生活では取り組むべき課題を儲けて取り組んでいる。肉体鍛錬については、その動作に没頭して取り組む。それがモットーであり、日々の流れは、毎朝取り組む6時30分ラジオ体操。畑仕事（水遣り、草引き、諸々の世話）。そして、月曜火曜は、10〜12時までウォーキング、木金土は2時間テニス。しかし、今はコートがコロナで使えずお休み。そして、日曜は低山登山、津市最高峰経ヶ峰８１９ｍと鈴鹿セブンマウンティンズの一つ入道ヶ岳９０６ｍを交互に登っている。

吉岡家にとっては、子供たちの動向、行く末が一番の気懸かりであり、関心事である。さて三人の子供たちと、吉岡夫婦は、どうなって行くのであろうか。次から次へと新しい展開が起こっている。

1　2017年5月2～4日　妻との福岡旅行

2017年3月31日、四国八十八箇所お遍路巡礼の旅を結願した。今日まで過ごせた感謝の気持ちを妻にも知ってもらいたいと、九州福岡案内をこのゴールデンウィークに実行することにした。それで、吉岡が大学院時代を過ごした懐かしの場所を、妻に案内する旅行を実行することに決めた。

5月2日は、福岡の博多駅中心、そこは吉岡の学生時代の下宿先であった場所　3日は、太宰府と柳川観光をするという計画を立てた。

2日10時なぎさまち発セントレア行の高速フェリーに乗るところから始まるのだが、ゴールデンウィークの後半5日間が始まる日で、第三駐車場は満車であった。係員の方は、「一泊旅行と言って、第一駐車場に駐めてもらいなさい」と教えてくれた。駐車はうまく行って、後は順調にスタートできた。セントレア12時5分発、福岡板付空港13時30分着に降りたのは初めての経験だった。地下鉄空港線で大濠公園駅に向かった。40数年前の吉岡の大学院学生時代には、地下鉄地下街工事中で、至る所で掘り起こし工事をしていた。あの当時が夢のようだ。まず荷物を平和台ホテルにおいて、それから博多駅に戻り、吉岡の学生時代過ごした場所を散策案内することにした。新しくなった博多駅を見て、以前下宿していた御供所町まで歩いた。まず先に聖福寺を案内した。聖福寺の境内に入ると、車や人々の喧騒は消えて、禅寺特有の凛とした雰囲気が伝わってきた。学生時代の散歩先であった。次に目と鼻の先にある下宿先の寿賀旅館があった場所に向かった。都市再開発かで寿賀旅館は取り壊され、辺りはすっかり変わり果て、昔を偲ばせるものは殆ど見つけることができなかった。学生時代は、すぐ横の道を《博多祇園山笠》の山が通り、力水をブッ掛けたりした所だ。しかも、元旅館の台所で自炊ができ、おでんとカレーは得意料理だった。昔を思い出していても仕方なく、山笠で有名な櫛田神社の飾り山笠を見に行くことにした。駅前からの広い道路は、2016年11月8日、あの陥没事故があった辺りではあるが、すっかり景色が変わっていて、10分程で行けるはずのところを、グルグル回って一時間くらい歩き続けた。すっかり歩き疲れ、voiceeと言うコーヒーショップで休憩することにした。一息つけた。それから神社にお参りしたが、あの山笠当日の興奮を想像するのは難しかった。

次の日は、地下鉄で大濠公園まで行き平和台ホテルについて一日目を終了した。大濠公園を一回りする予定で散歩した。大勢の市民が、ジョギングや散歩を楽しんでいた。

「もし宝くじが当たれば、この近くのマンションを買って移り住んでもいいなー。どう思う？」

「確かに便利で、散歩したりジョギングしたりするにはいいとこやなー」

「ほんとに宝くじ当たったら、津以外でもしどこかに住んでみたいとすれば、一位は大濠公園付近。二位は、愛媛県西条市の石鎚山の湧水が出る整った市立図書館辺りが住むには申し分ない」と独り言のように呟いていた。半時間ぐらい歩いたであろうか。

それから、公園から眼と鼻の先にある南当仁小学校を案内した。ここは吉岡が、校庭開放のアルバイトをした所だ。校庭開放と言っても、クラブチームがナイターをするのに夜間小学校の校庭を開放し、照明のスイッチを入れ、時間が来ればスイッチを切り、勤務日誌を記入するだけの仕事で、学生アルバイトでこれ以上のものはないと思っていた。暫く続けていて何を思いつかれたのか、吉岡は中谷教頭先生の御子息の家庭教師を頼まれた。家庭教師と言ってもとんでもない厚遇を受けた。週一回夕方城南区樋井川の教頭先生宅を訪れ、2時間程真一君に家庭教師をする。その後夕食を頂戴し、そしてお風呂に入れてもらい、教頭先生に博多駅近くの吉岡の下宿まで送って頂いて、別れ際に今日の謝礼として現金で5千円頂くものだった。そのお金だけで、生活していくに十分過ぎるものであった。31の歳まで学生を続けられたのも、周りの人々に支えられてだと深く感謝している。真一君の方は無事福岡歯科大学に合格され、今は西区福重で歯科医院を経営されて活躍中らしい。今はあの当時の木造校舎はなく、後方に大きな鉄筋校舎となっているが、全てが懐かしかった。

さてその後天神から西鉄大牟田線に乗り、途中二日市で乗り換え大宰府天満宮を訪れた。何故か、外国人旅行者、韓国人中国人が半数ぐらい占めていたのではないかと思った。そして、今日の宿泊地である柳川に向かった。取り分け、妻には川下りを体験してもらいたかった。船頭の冗談交じりの解説と、ゆっくりと進む川面の景色、観光と市民生活が溶け込んだ景色は、滋賀の近江八幡の川下りと並んで、のんびり出来る遊覧である。船頭の話で面白かったのは、柳川は大相撲の琴奨菊の出身地で、彼が本場所で勝利すると花火が上がるということであった。川下りが済んで、北原白秋記念館を訪れた。白秋の実家は海産物問屋を営んでいて、詩人とどう結びつくのか知りたかった。やはりこの柳川の風土、景色、空気が彼を作ったんだなと思った。そして柳川といえば、ウナギの蒲焼である。夕食は元祖本吉屋で、蒸籠蒸しの鰻の蒲焼を食べた。大学院に入って、先輩に新入生歓迎旅行として川下りの後、ここで食べたのが、今でも忘れられない。ウナギの蒲焼は、どこで食べてもここの味と比べてしまう。

この福岡で、九大大学院修士博士課程6年間を過ごした。そして1981年4月、晴れて母校の講師に採用された。全てが夢のようで懐しい。

2　2020年4月　次男徹の自立

徹は、文科省が平成14年度から進めた《ゆとり教育》の申し子というか真っ只中で、中等教育時代を過ごした。詰め込み教育からは解放されたが、何とか総合学習とやらが、やたら増えてのんびり育ち、自分の進むべき方向に気付くのが遅れてしまい、慌てて走り出すという性格ができてしまった。それでも何とか大学を２０１１年3月に卒業して、一旦関東のガス会社に就職した。しかし、上司との人間関係がうまく行かず、一年も経たずに会社を辞めた。そして教員になると決め、上越教育大の大学院を受け合格した。

しかし、論文を書くのが苦手で、「修論で苦労するのが目に見えているから行かない」と言いだした。自分で小学校教員採用に必要な単位を通信教育で取得し、教員採用試験を受けると決めたのだ。

暫くブラブラしている時に、教育委員会を通して母校の中学校の特別支援学級の代用教員に来てほしいということで、行くことになった。その間教員採用試験の試験勉強と、教職に必要単位取得は続けていたようだ。2019年の教員採用試験にかろうじて合格することができた。

　吉岡夫婦は、自分が受験して自分の合格発表を待っている心境で、ヒヤヒヤドキドキさせられた。それにしても、非常勤の仕事をしながら、教職に必要な単位の修得。そして、三重県教員採用試験に一浪でよくも合格できたものだと感心している。『合格おめでとう。これからが本番だから頑張って下さい』と言ってやりたい。

　努力が報いられ、2020年4月から小学校の先生として、自宅から通勤距離内の小学校に通うことになった。しかし、コロナ禍で、始め2ヶ月は授業がなく、しかも2学年担任で、どうにか終了することができた。

　2021年度は4学年生担任となり、4月は、授業計画の作成、次の日の授業の予習、様々な提出物、テストの採点やらで帰宅が取分け遅くなり、午前様になることさえあった。吉岡夫婦は《どこかで事故でも起こしていないか》と心配する毎日が続いている。こればかりは、代わってあげることもできず、見守っているしか仕方がないという毎日である。

3　2020年7月2日　吉岡の物忘れ

人の名前は、一度聞いただけでは覚えられない。聞いた音がすぐ消えてしまう。大多数の登場人物を描ききっている「秀吉と利休」や「迷路」の作者野上弥生子は、高齢になっても一度聞いた名前はしっかり記憶できたそうだ。しかし吉岡にとっては、書き留めない限り活字で確認しない限り、記憶と結びつかない。物忘れもどうしようもない。

特に買い物には要注意である。スーパーに入って、パン売り場で、欲しいパンを買う。その際欲しいパンを探す時か、気に入ったパンを籠に入れる時か、持っていた車のキーをそのあたりに置く。パン選びが済んで、パン以外の欲しいものを買いに回る。一応欲しいものは全部買い物籠に入れたというので、レジに向かう。支払いが済んで、車に向かおうとした時、キーがない。あれ何処に置いたのかと、歩いてきた逆回りに戻ってみて、パン売り場で、吉岡の車のキーを見つけるという始末である。

パンを買う際に、何故キーをその辺に置くのか、そもそも何故キーをポケットに入れず持ち歩くのか、吉岡の中に説明できない魔の瞬間があることを自覚する。何か他所事を考えながら、買い物をしているのか。見ていて見えていないのか。これは老化を通り越して、認知症の始まりなのか。いつも年は取りたくないと思うのである。

買い物籠を乗せるカートにショルダーバッグをかけて買い物をし、買い物を終えてショルダーバッグを吊り下げたまま、気が付かず帰って来てしまう。今まで二度、スーパーから電話がかかってきて取りに戻ったことがある。お恥ずかしい限りである。

一番大きな忘れ物は、名古屋駅上りホームベンチに土産物を置き忘れ、待っていた《ひかり》に乗ってしまった出来事である。長女夫婦が両方教員で、娘の運動会が見られないので代わりに見に来てほしいと頼まれた。それで、家事一般の手伝いのために、妻が２０２０年10月22日に車で出発した。結局車は使わなかったようだ。吉岡はその車の運転手も兼ねて、25日新幹線で迎えに行くことにした。吉岡は、列車内で食べるお弁当と、長女家族へのお土産を買って、12時43分発の《ひかり５０６号》を新幹線上りホームのベンチで待っていた。これは小田原に止まる《ひかり》で、一時間に一本くらいしかない。小田原から平塚までＪＲ東海道線で行くと、最短時間で平塚に着ける。

少し時間があったので、ベンチに腰かけて待つことにした。座った右側に買ったお弁当、左側にお土産の入った袋を置いた。すると辺りが急に暗くなって、強風を伴った大粒の夕立と言うか、嵐に近い雨が降ってきた。こんなこともあるのだなと、ホームを見ていたのだが、目の前3m位の所に駅員が来て、ワイヤレスマイクで到着列車の案内を一通り放送した。そして手元にはホームにある安全扉を開閉するスイッチボタンがあり、それを操作してホームの扉を開けた。そして間髪を入れず発車時間になり、ホームの扉と列車の扉が殆ど同時に閉まり、間もなく列車は発車した。その間、嵐のような風雨の中で進行していた。

吉岡は一連の行為に見とれて、待っているという意識さえないような心地になっていた。冷静さを嵐のような雨風が打ち消したとは言わないし、駅員の一連の動作が目の前で行われていることに目だけでなく心も奪われたとでも言おうか、直ぐ吉岡が乗る《ひかり506号》が入ってきて、吉岡は弁当の入った袋を持ち、反対側に置いたお土産袋の《お》の字も気付かず列車に乗り込んだ。既に車両は動き始めていた。自由席の空いた席に着き、弁当を開け食べようかなと弁当のふたを開けた瞬間《あれ、お土産がない》と気が付いた。豊橋辺りで、雨は止んで雨粒の着いた窓を、太陽が照りつけている。《どうしよう、どうしよう》ではないが、一瞬吉岡は自分のボケ行為に呆れてしまった。

やって来た乗務員に、「土産物の入った袋を置き忘れて乗車してしまった」と告げ、何番ホームのどの辺りのベンチか土産物の二種類は何と何であるか説明した。すると乗務員は、よくある話とばかり、

「今から名古屋駅の方に問い合わせ、もしそれらしきものがあった場合、名古屋駅で保管して帰りにお取りに行かれるか、そうではなく、希望する住所に着払いでお送りするかのどちらかです」

当然家内と一緒に車で帰るので、「着払いの方でお願いします」と答えた。長女の家について、笑い話にもならない土産物置忘れの話をして、着払い料金であろうお金を娘に渡した。10月29日、吉岡夫婦が三重に戻ってから、お土産荷物は着いたとの連絡が入った。穴があれば入りたいほどの話であった。

4　2020年12月28日　長男実：サッカーのコーチで成都へ

長男実は、鹿屋体育大、筑波大学大学院を出て、清水エスパルスサッカースクールコーチ、今はつくばFCのジュニアユースコーチを続けている。《本人の選んだ道だから、応援するしかないのだが、サッカーのコーチで将来生活して行けるのだろうか。本当に、大丈夫だろうか》と気がかりになっていた。

突然2020年年末に、次のような知らせが届いた。

「正式に決まれば連絡するけど、来年中国へ行くことになるかもしれない。決まれば一度帰省するつもりでいるし」

先日、日本サッカー協会（JFA）の面接試験を受け、好印象を持ったというのだ。中国成都市にあるサッカー少年の指導者。アカデミーU12のテクニカルディレクターとして、2021年3月1日～2022年1月31日の期間、JFAから、3名の一人として派遣されることになるというのである。降って湧いたような話で、本当かと疑いたくなるのであるが、その方向に事態は少しずつ動き出していた。今いるアパートも引き払い、郵便物の送り先変更で、実の郵便物が時折届くようになった。

「2月18〜19日の帰省には、車で乗せてもらって帰る」

　そうは言ってきたものの、誰に乗せて来てもらうのか、皆目見当がつかなかった。

家内と二人で、

「中国派遣のもう一人の人も実家に帰省する途中なので、三重に寄ってくれるのだろう」と話し合っていた。ところが塩浜まで近づいて分かったことだが、芹沢さんという方がわざわざ実を乗せて来てくれて、次の日伊勢神宮を始め伊勢志摩を観光散策し、また実を乗せて帰るというのである。つくばFCの事務を担当されている方だそうだ。お話を伺うと、自分も青年海外協力隊で外国暮らしを経験していて、実のことを弟分みたいに面倒見てくれている人だった。

「今度は是非、ご家族で三重に遊びにいらして下さい」と言ってお見送りをした。世の中には、一人でも蹴落として這い上がろうとする人の多い中、何かと面倒見て引っ張ってくれる人もいるのだなと驚きと共に感謝せずにはいられなかった。

　3月出発のはずだが、コロナ禍で中々ビザが下りず、結局2か月遅れて、5月12日成田から広州へと出国した。しかし広州のホテルで2週間足止め、ところが成都への出発が近づいた時になって、成田からの飛行機で、自分の座席の3列後ろの乗客がP

ＣＲ検査で陽性と分かり、実が濃厚接触者に相当するということで、再び検査を受けることになった。勿論、実は陰性であった。しかし、今度は成都で、自分達のような外国人が宿泊するホテルが空いていないということで、また移動が一週間延びた。三週間近くホテルでの缶詰状態が続いていた。何事も慎重であるべきだが、何か生活感覚が日本とまるで違うように思われる。漸く6月2日に、成都に到着することができたようだ。予定より三ヶ月が、既に経過してしまった。

成都は、四川省の省都で、近くには武漢という大都市があり、詩人杜甫の暮らした街だ。それで、規模といい施設といい、とりあえず落ち着ける所のようだ。名前からしてそうだが成都は、三国時代の蜀の都であった。何処か古都の雰囲気が残っているようだ。因みに空港について最初に口にしたのがマクドナルドのハンバーガーで、開放感を実感したようだ。上手くやって行けるのか。言葉の壁があるのに、サッカーの指導などスムーズにできるのだろうか。口に合う食べ物があるのだろうか。心配したら切りがないが、今はなるようにしかならないという心境で、何かの連絡待ちというところである。

その成都の実と、ＬＩＮＥでいつでも連絡が取れ、必要あらばテレビ電話のようにお互いの顔を映しつつ話ができる。科学技術の進歩のお陰というしかない。３月スタートが6月中旬からと二ヶ月半短くなった。その分延長されるのだろうか。日本に戻ってからの仕事があるのだろうか。今に全力投球して、先のことはなるようにしかならないと思うしかない。

実は、三重、鹿屋、つくば、清水、つくば、成都と各地を転々としている。それは吉岡が、鈴鹿、富山、新潟、京都、福岡で過ごした学生時代と似ている。行った先々で、ただ自分の目標に向かって一生懸命生きる。そうすると、どこからか進むべき道が見えてくる。何が起こるか分からない中で、一期一会を大切に努力する。すると見ている人は見ていてくれる。それだけに人間関係、人との付き合いが大切だなと痛感する。成都で何かを摑み、これからの人生に活かして突き進んでもらいたい。

5　2021年6月28日　吉岡の誤操作

話すに話せない、聞くに聞けない話ではあるが、更にとんでもない失態を吉岡はやらかした。誤操作とは他人事で、お年寄りの運動神経の鈍くなった人に起こることで、吉岡には関係ない話だと思ってきたし、殆ど無視してきた。ところが、2021年6月28日（月）午前8時10分頃、マイカーの誤操作（アクセルとブレーキの押し間違い）による廃車扱いになる自損事故を起こしてしまった。

車二台しか自宅の駐車場には駐められず、妻の車は別の200m程離れた場所に借りて駐車していた。月曜日は燃えるゴミ生ゴミ出しの日で、車フィットシャトルの後ろ荷台にゴミ袋2つを積みゴミ出しをして、妻を助手席に乗せて妻の車の所まで送って行くつもりであった。

車を、コの字型のブロック塀近くまで停めていたので、そのままでは後ろのドアが開かず、ごみ袋が載せられない。2m程前進しごみ袋を乗せるつもりであった。クラッチレバーを前進にして進めているつもりであったが、ギアはバックのままで、慌ててブレーキをと思いながらアクセルペダルを思い切り踏込んで、間髪を入れずブロック塀に、もの凄い衝突音を発し激突して止まった。

ブロック塀の後ろにいた妻もびっくりして、何が何だかわからないという顔をしたが、「こんなことなら、送ってと頼まなければよかった」と言っても、全ては後の祭であった。その後吉岡は、その車でいつものウォーキングに石垣公園に出かけ、終わって直ぐに車を買ったディーラーに車を持っていった。

担当者から、「自損事故の保険全部使っても、その金額で治すのは難しい」ということになった。結論から言うと、新しい車に買い替えることになった。保険会社に電話したら「警察に行って、事故証明貰ってきて下さい」と言うし、警察に電話すると、「自宅の駐車場の中での自損事故、しかも負傷者なしなら交通事故ではなく、事故証明はいらない。保険会社はそんなことも知らないの！」と、事故担当の警察官から愚痴をこぼされた。

結局フィットシャトルが、新車のN－BOXに代わるということになったが、誤操作一踏み間違いで、ワンミリオン何がしのお金が飛ぶことになった。

「怪我せんで、人にも怪我させへんで、まあ良かった」と、妻は慰めの言葉をかけてくれたが、『何と危険と隣り合わせの行動を、車の運転はやっているのだ』と改めて痛感した。

「今度は誤操作防止装置の着いた車しかダメ」と妻が強く主張し、中古車の同年代の型の同じ車種のものを色々調べてもらったが、誤操作防止装置が付けられないとのことだった。それで、新車のＮ－ＢＯＸということになった。

今回の事故は、年を取ることとは関係ないといえば関係ない。しかし、冷静さを欠いていたことは事実で、これからは、先ず慎重、安全運転、落ち着いて運転する以外にないと、深く深く反省した。ニュースや新聞記事を賑わす、ブレーキとアクセルの誤操作による事故は、他人事とばかり思い込んでいたが、それが当事者本人になっているとは、やはり年を取ったせいであろうか。

これから先も年を取る毎に、思いもよらない失敗、予期せぬ出来事が起こることが次々予想される。それが現実であり、失ったものを悔んだり嘆いたりしていても始まらない。思い込み、一人よがり、置かれている吉岡の状況確認、吉岡をもう一人の吉岡が見ている余裕の中で行動できることが求められていることを、ヒシヒシと痛感した。人生出直しとまでは行かなくても、今までの吉岡ではない吉岡が求められていることを痛感した。

泥酔し、ひどい二日酔いになって、もう二度とお酒は飲みたくないと深く反省しても、時間がたって何か目出度いことでもあれば、それにかこつけてついアルコールを当然の如く欲しくなり、あの二日酔いの反省はどこかへ行ってしまっている。これと同様に誤操作による自損事故も、長らく無事故が続くと、つい気が大きくなって運転をしてしまいそうな危うさはある。誤操作による事故は新しい車では防げても、交通事故を起こさない慎重さを持ち続ける良い習慣が身に付くように、くれぐれも努力しなければいけないと思った。ちょっと違う意味でのリライフのスタートである。

6　2021年9月1日　長女直美の娘、美加のバースデー祭り

２０１８年12月18日（火）、吉岡は皇学館大学のその年の最後の講義が終わった日、講師連絡室でポルトガル語のフローラ先生から、

「今日皆で今年の打ち上げに、焼肉食べに行きましょう」

「それは良いですね。賛成です」

ということになり吉岡も同行した。大学から車で30分程の所にお目当ての焼き肉店があった。フローラ先生の教え子がやっている店で、何としても営業成績に協力してあげたいとのことだった。それにしても、店の雰囲気、牛肉の質・味・タレと申し分なく、食べに行こうと誘ってくれただけあるなと感心した。

そこで、先生方の自己紹介ということになり、フローラ先生とお友達で《ドイツ語》担当の田山先生と、《伝統の心と技》担当の堀口先生、もう一人教育学の草川先生でした。草川先生は、

「10年くらい前に吉岡直美という学生がいて、その卒論の指導を担当しました。

彼女の論文が一番良く出来ていたので、毎年発行の教育学論集に掲載しました。その子のお父さんでしたか」

ということで話が弾み、初対面とは思えない親しみを感じて、一度に緊張感がほぐれ、楽しい年忘れの時間を持つことができた。

その直美は、神奈川の小学校教員採用試験に大学卒業と同時に合格した。大学時代クラブ活動が一緒だった大林さんも神奈川の教員になっていた。その彼と、8年ほど前に結婚し新居を購入した。次の年に長女を、二年後次女が誕生した。両親教員で共働きということで、何かあれば、吉岡夫婦が応援に駆けつけるという状況である。4月は入学式や始業式で特に色々忙しく、毎年のように出かけている。他にも、保育園の運動会であれ、敬老の日の行事であれ、発表会であれ事ある毎に出かけてきた。それ故取分け週末の夜は、長い時は30分以上もＬＩＮＥでお話するのが楽しみの一つである。

２０２1年9月1日、日本中は防災の日だが、大林家では、長女美加の8歳の誕生日である。いつもの年なら吉岡夫婦も、出かけて行って一緒に誕生パーティーに参加するところだが、今年はコロナ禍、非常事態宣言中でそれが叶わない。そこで、夜の8時前にお祝いのメッセージを送るためＬＩＮＥをした。

するど既に、美加の誕生祭りの《魚釣り》が始まっていた。《魚釣り》を始めとして、《輪投げ》《くじびきやさん》《しゃてき（射的）》と全て前日一日を掛けてこの日のために準備したそうだ。手づくりのゲームと遊びなのである。射的以外は妹良美が殆ど作ったようだ。可笑しかったのは、魚の中にわかめの絵があったり、輪投げの支柱は、ラップの芯で作られ、輪の大きさは直径20㎝位の新聞紙で作られていた。

5個投げるが、2つ入れば良い方だった。良美担当の《くじびきやさん》の《あたり》と《はずれ》の《れ》の字が《ね》になっていて《はずね》だったりして皆大笑い。美加の射的は、割箸で輪ゴムガンを作り、それで的の色々な標的を倒すというものである。歳の順に、離れて打つので中々工夫がされていた。何れも小2と保育園年長組の2人で作ったもので、感心した。40〜50分遊んで、お祝いケーキを食べて終了した。

その間一時間ほど吉岡夫婦もＬＩＮＥで参加した。孫たちの自由に任せ、大抵の事は受け入れる。このことによって、工夫したり、新しいものを作りだす力が引き出されるのだなと感心した。

また時には、長女夫婦と孫達との話し合いとなると、こんなことがどうしてできるのかと、科学技術の進歩に感謝している。二人の孫は二人とも女の子であるが、日々の成長変化が見て取れて、このＬＩＮＥでの会話が吉岡夫婦の最大の楽しの一つとなっている。

親にとって、子供の進路が決まること、良き伴侶に恵まれ家庭を持つことができれば、この上なく安心である。子供そして孫らの一挙手一投足が、自らのセカンドライフにも最大の影響を与えるものである。子供達が皆成人し、独り立ちできるようになったので、一先ず安心している。

長女、次男の２人は義務教育の教員に、長男はサッカーのコーチをしている。長女は結婚して家庭を持ち、孫にも恵まれている。いつ何が起こるか分からないが、それぞれ自分達の道を自分達で切り開いて行ってほしい。一歩離れた所から、親は見守り応援するしかない。それが、年寄り夫婦の喜びでもあり生甲斐でもある。

子供の成長を見守り、子孫繁栄を願うことは、広い意味で永遠への参加が確かめられたことである。それは生命を実感する喜びに触れることであり、何時お迎えが来てもかまわない境地の一つに触れたことであろう。信仰によるものではないが、宗教的段階の喜びに触れたことで人生パターンⅢに僅かに掛かっていると言えるのではなかろうか。

7　2021年9月29日　山陰小旅行

妻と知り合ったのは、高専に勤めてしばらくして、看護学校へ《社会学》の非常勤講師で行くことになった。彼女はそこで看護教員をしていて、講師控室にお茶を運んで来てくれるところから知ることになった。そういう意味では一目惚れの恋愛結婚というのだろうか。結婚後も夫婦共働きで、しかも子供が三人授かった。三人とも大学まで行くことになり、お互い常に何かに追いまくられているような日々の連続で、気が付けば今日に至っているという心境だった。

妻は55歳で看護教員の仕事を辞め、老後生活の準備を整え、セカンドライフに突入していた。お友達の勧めもあって、今第2の仕事（保育園の保健担当、平均週三日）に就いている。仕事のない日は、趣味（パッチワーク、音訳、テニススクール）に精を出している。しかし、吉岡が一番気を遣うのは、妻に何か異常がないか、普段と違うサインが出ているのに見落としはないかということである。一番近くにいての見過ごしは許されない。生き生きと振舞ってくれている。これが一番だと思っている。

妻が前々から是非行ってみたいと漏らしていたのが鳥取砂丘である。そこを訪れるマイカーの旅に、２０２１年９月29日からの２泊３日で実行することが出来た。朝８時半に家を出発し、亀山から新名神、中国道、鳥取自動車道を経て砂丘に向かった。中国道佐用ＪＣを過ぎた頃には、12時を過ぎていた。昼までには砂丘に着かない。何処かで昼食を取ろうということになり、今度の道の駅で食べようということになった。走り続けていると、西粟倉ＩＣの所で、工事中なのか一般道に出る指示が出た。すると出た直ぐそこに、あわくらんど道の駅があり、ここにしようということになった。

そこは、地元産の野菜果物を売る店、お土産物コーナー、さらに奥にレストランがあった。入口に順番待ち記入の用紙があり、係員の指示があるまでここで待っていることにした。しかし、係の人は忙しくしていてこちらに気付く気配はない。すると、食事中の年輩のおじさんが手招きで入って入ってと手を振るので入って行くと、係員も気付いて座る席を案内してくれた。日替わりメニューの地鶏カツの玉子とじ定食を２つ注文した。暫らくして持ってきた料理はボリュームもたっぷり、味も食欲をそそり満腹になった。

地元産の袋入りミカンを買って、鳥取砂丘へ再出発した。ナビでは砂丘に到着した。展望台駐車場に車を停め見渡すと、ここからはリフトで下まで降りて砂丘に行く様子なので、もう一度下まで行って、砂丘入口駐車場に車を駐めて、散策に出かけることにした。

「妻の念願の砂丘にやって来れた。さー出発しよう」

階段を登り詰めて、砂丘全体が見渡せるところに出た。

「あー、これが鳥取砂丘なんや」

妻は独り言のような言葉を呟いて、見とれていた。

「取り合えず、あの《馬の背》と呼ばれているところまで歩こう」

下って登り、３００m程のサラサラの砂歩きだ。台風16号の影響か、引っ切りなしに強風が吹いて来て、風が砂を運び風紋を作っているのが、今ここ足元で起こっている現場に立ち会えた。途中まで歩いてから、「どうせ靴の中に砂が入るので裸足で歩こう」と裸足になった。

馬の背は30m程の高さの砂山の尾根筋だが、足を取られるので思ったより厄介で時間が掛かった。５分ほど遅れて妻も馬の背に着いた。そこは日本海を見渡せ、２隻の浚渫船らしき船が浮かんでいた。写真を互いに取り合うことにしたが、台風のせいか強風が吹き止まず、妻の上着がパタパタ風に煽られている様子で写真に納まった。馬の背を50m程移動したが、景色が変わらないので、「向こうに見える駱駝のいる所に行こう」と妻が提案し、直ぐその提案に乗った。

　吉岡夫婦が近づくまでは立っていた駱駝が、近づくと横になってしまった。撮った写真は、迫力もなければ期待した景色にもならない。駱駝は繋がれたロープで自由が利かず、これじゃ動物虐待に近いじゃないかと思ったりした。

　1時間程経っただろうか、砂丘を切り上げて、次に砂の美術館へ行こうということになった。車で1～2分の所にあった。今回の展示はチェコスロバキア特集ということであった。足を踏み入れた瞬間から感動した。20m×50m四方程の広さの中に、砂の芸術品がずらりと展開している。次から次へと写真に収め、手の込んだ完成品に驚かされた。

　吉岡が感動したのは、3人のチェコ出身の音楽家ドヴォルザーク、スメタナ、ヤナーチェクと作家カフカの像であった。取り分けカフカ像の前で足が止まった。カフカはドイツ人とばかり思っていたので意外だった。彼の『断食芸人』は原文で読んだ。その時は、実存主義というものを作品から味わった気がした。砂丘の自然が作りだした芸術品と、札幌雪まつりの作品と並ぶ程の手の込んだ砂の芸術品に、触れたような満足感で来て良かったと思った。

　浦富海岸が旅行パンフレットでは、鳥取砂丘から車で15分ほどの所で、日本一美しい海岸線ということなので行ってみることにした。岩美町の広域マップによると浦富海岸は、東西15㎞にも続くようだ。それで西側の菜種五島に向かった。なるほどこれは見事だ。けれど車道から500m程離れた険しい崖下にあり、写真を撮って切り上げた。もっと近くで見れる次の景勝地へということになった。パンフレットによると千貫松島スポットという所で、そこに向かうことにした。千貫松島は漁港のある網代からは、見られるだろうと思いゆっくり進んでいった。結局、海は全然見えず網代に着いてしまった。堤防からは見えそうだが、漁業禁止区域でロックアウトされていて先へは進めない。

車を駐めた場所に案内板を見つけて、それを見ながら妻は、

「ほら、ここの自然歩道を歩いて行けば、千貫松島に行けるんじゃない」

でも木々が生い茂り、10m先は見通せない。勿論海なぞ見えたものではない。

「とにかく行ってみよう」ということになり、行くことにした。

「ほら、車に鍵かけてよ」

家内が注意してくれた。

「すぐ戻るのに」

そう言ったがロックして、ショルダーバッグと携帯電話を持って出かけた。木の階

段を50ｍ程登ったら、ようやく海が見えた。

「もう少し行けば千貫松島が見えるんじゃない？」

カーブしている登り坂をさらに50ｍ程進むと、眼下にきれいな絵に描いたような景色が広がった。

「ほらあそこじゃない？」

携帯カメラで一枚撮って、近づいてみた。丸椅子も長椅子もあり、ここだと思った。奥行き20ｍ高さ10ｍの石門のような形をしていて、その天辺に一本松が自生している。これこそ自然が作り上げた芸術品そのものだと思った。山陰国立公園を代表すると言っても良いものだろうと思った。一休みということで長椅子に腰を掛けた。その際《あっ、イター》と思ったが気にしなかった。暫く見とれていたが、立ち上がると妻が、

「右足の脹脛から血が出ている」

吉岡がそこを触ると、右手人差し指に血が付いてきた。長椅子の壊れかけた取り付け金属の端で、擦切ったようだ。座る際右下に置いたショルダーバッグのことを、血の出た切り傷のことですっかり忘れていた。そのまま素晴らしい景色に感動して車まで戻った。車はロックされている。バッグがない。何処に置いたか全然思い出せない。

然しお金も何もかも車の中、キーの入ったバッグを何としても見つけ出さねばならない。

「ちょっと行って探してくるわ」

そうは言ったが、何処に置いたか記憶にない。必死で階段を上り、そこからは手探りというかどこかにかけてないか、置き忘れてないかと見回しながら歩いた。長椅子も千貫松島も見下ろせる所に立って目を凝らして見たが、何処にも見つけられない。バッグがなければ、動きが取れない。『家にあるスペアーキーを、持ってきてくれ』と息子に頼もうにも、これだけ遠方で、仕事中の時間からして不可能だ。暗くならない内に何としても見つけ出さなければならない。しかし探すところが限られている。『椅子のある展望台の所まで行って、なければどうしよう』そう呟きながら、下りて行った。すると、長椅子の座った右側に置いたままだった。ここだから上から見えなかったのかと思い、急いで車まで戻った。妻は、

「あんまり遅いので、心配した」

そう言われても、バッグを見付けるまでは戻れない。然し見付かって良かった。出発前に何事もないようにと心に誓っては来たものの、ついやらかしてしまった。一時はどうなることかと思った。

一日目終了ということで、宿泊先のPV（ポイントヴァケーション）皆生温泉ホテル《風雅》に向かった。鳥取市と皆生温泉は、50㎞くらいの距離かと思っていたら、100㎞程離れていて意外と時間が掛かった。とんだ思い込み違いだった。ホテル風雅は103号室20畳程の和室の部屋だった。年寄り組には、立派な庭が広がるとても落ち着く良い部屋だった。

二日目は、折角山陰に来たのだから出雲大社へ行こうということで、島根県に足を延ばした。ナビ任せで走り続けた。着いたのは11時を過ぎていた。出雲大社の第二駐車場に車を駐め、ゆっくり散策した。巨大な松並木と緑の芝生、落ち着いた雰囲気は印象的だった。伊勢神宮とは違った神々しさがあった。おそらく市内のどこかの小学4年生の子らが、境内のいたる所で写生のスケッチをしていた。彩色は学校で塗るとのことだった。ここは、国造りの大国主命を祀っていたのがよく分かった。昼食をとることにした。当然出雲そばとしじみ汁が食べたかった。色々店を廻ったが、一番流行ってそうな砂屋という店に入った。妻は三段割子蕎麦。吉岡はしじみの味噌汁付き釜揚げ蕎麦定食にした。勿論蕎麦は十割蕎麦で有名な店だ。

「何これ」と言わんばかりの、思い描いていたしじみとは違って、本当に小粒のしじみだった。しじみの大きさにはガッカリだったが、味はまずまずだった。午後は水木しげるロードに行く予定だが、その前に国宝松江城を見学しようということになった。ナビが案内するところによると、松江市内のど真ん中、県庁近くに城は在った。松江城見学用の駐車場に車を駐め見学スタート。入口に法螺貝を持ったお殿様風情のボランティア案内人らしき人がいた。

「かっこいいですね」と吉岡が言うと「どこから来たんね」と尋ねられた。

「三重から」「遠かね」「法螺貝吹いてみてね」「一月くらい吹いとらんから……」と言いながら吹いてくれた。拍手をして別れた。３００m程城内を歩いて行くと、本丸の所に来た。この安定感は、さすが国宝だけあると思った。会津の鶴ヶ城を思い出した。木造の４重５階建て、天守閣から見下ろす気分は初代城主堀尾忠氏になった気分だった。

城見学を終え、境港に架かる江島大橋（高さ45m）を渡り、水木しげるロードに向かった。小雨が降ってきた。傘差しながらの妖怪伝説の主人公たちのブロンズ像見学である。全長８００m商店街の両側にほぼ10m間隔で様々な妖怪が飾られている。ざっと計算すると１６０体にもなる。殆どが高さ15㎝位のもので、水木しげるロードの入口と出口、それに水木しげる記念館入口のものを除けば一つ一つ詳しく鑑賞するまでもない。しかも小雨模様で、これ位にしようかということになった。二日目も思い出に残る場所ばかりであった。

最終日、今日の予定は、大山と蒜山高原を見て帰宅となる。朝６時、海岸までの散歩、大山の方向から朝日が昇るので、日の出を見に行こうと前日決めていたので、行こうとして外に出たら雨がぱらついて来た。朝の散歩はあきらめることにした。けれど、このホテルに卓球台があることを知り、出発前にでも妻と少し卓球をやろうとお互い了解した。食事前に温泉に入ろうとしたら、辺りが暗くなり雨音が聞こえる位激しくなってきた。今日天気予報は良くなると言っていたが、少し心配な気もした。入浴中に雨は弱くなった。朝食を済ませ、出発の準備もでき、支払いを済ませ、卓球を申し込んでみた。８時半からというので10分程待って借りることができ、15本先取３ゲームできそうだった。中々思った方向に飛んでくれない。どのゲームも、相手が２ケタになる接戦だったが、吉岡が勝利した。

さて三日目出発。パンフレットによると、お土産物を買うのに、お菓子の城が来るとき見えたので、そこに行くことにした。丁度良い時間だ。ナビをセットして、お菓子の城に向かった。到着すると何か様子が変だ。玄関まで行くと、コロナ禍なので10時開店に変更されていた。ここで１時間近くも待つことはできないと、大山に向かうことにした。入口付近の無料駐車場に車を駐め、大山寺に歩いてお参りした。雨上がりでしっとりして、とても雰囲気が良かった。観光客は今のところゼロ、女性ハイカー一人に先を越された。10分ほどコンクリート道を登った先に30段くらいの石の階段がある。登り終えると仁王門に着いた。徐々にそれらしいお寺の核心部に近づいている感じがした。更に階段を上り、向きを変えて最後の30階段程上ったところに本堂があった。帰りの安全を祈願して振り返ると、鳥取平野の一部が見えた。天気が良ければ、日本海も見えるだろうと想像できた。駐車場に戻り、《大山まきばみるくの里》に行くことにした。時々青空が顔を出すようになった。昨日通って来た国道431号、境港、水木しげるロード辺りが見下ろせた。随分登ってきているんだなと思った。妻は土産物を選んでいた。

吉岡はこの場所の名前にちなんだ美味しいであろうアイスクリームを2つ買って妻を待った。でもなかなか来ないので、吉岡はアイスクリームを食べ始めた。味はミルクたっぷりという味で、素晴らしく美味しかった。妻が買い物済ませ出て来て、半分溶けかけたアイスを持って「ごめーん、遅くなって」と今にも溶け始めたアイスが、数滴落ち始めていた。

「この味この味、これ食べたかったんさー」と、妻はブツブツ言いながら、お互い食べることに集中した。

食べ終わり、改めてベンチから下を見下ろし、素晴らしい場所だなーと感激した。中海、美保湾、曲がった《人》という文字に似た島根半島、それに日本海が見下ろせた。昨日通って来た道筋が数十キロ先に広がっている。加えて目の前の手入れされた芝生も、80ｍ×50ｍ程の少し傾斜のある長方形で、晴れていたら子や孫達が走り回るのに喜びそうな所だった。アイスクリームの味といい、見下ろす景色といい満足のいくものであった。さてもう一ヶ所、米子道を越えた所の《とっとり花回廊》に向かった。車で相当下った。米子道を越えてからも随分来た。途中には民家も人工物も何もない山道だった。案内看板が見え、それらしき場所が確認できた。11時は過ぎていた。「もちろん入ろう」ということになり、入園料は８００円、鳥取島根の人は半額。ちょっと差を付け過ぎと思ったが、中に入ることにした。髄所に驚いたのは、花の匂いがどこからともなくしてきて、広大な敷地であることが分かった。先ず真直ぐ進むとフラワードームであった。入ると蘭が何鉢も、白やピンクと鮮やかに咲誇っていて和ませてくれた。ドームの中は温室なので、南国の花と熱気で見たこともない花々が咲いていた。東口を出て百合の館に向かった。途中コスモスが両側に敷き詰められていたが、日光が直接当たる所は七分咲き、その他は二分咲きだった。百合の館に入った瞬間、あのユリ独特の香りが嗅覚を占領した。色取り取りのユリが鉢植えされていて、うっとりさせられた。

百合の館を出て、サルビアの赤が満開のお花の丘に来た。これ程の数のサルビア、今が見ごろのサルビアの絨毯、見事としか言いようがなかった。次にグレイスガーデンへ行った。コスモスが二分咲きだが、ここから大山が正面に見え、ゆっくり鑑賞するのにベンチまで置かれていた。雲に覆われて大山は見えなかったが、晴れたら美しいであろうと想像するのに十分であった。次にヨーロピアンガーデンに行った。白い薔薇が1・5m程の高さの木の形に手入れされていて、こんな薔薇も美しいものだなと思った。中央が噴水になっていて、何ヶ所から水が噴き出し、水と音との演出は、他にない雰囲気になっていた。

一時間以上歩いたであろうか、全部歩いて一回りしたということで、お昼にしようということになり、園内のレストランに入った。家内は洋食セット、わたしは栗ご飯付きのそば定食にした。天井が高く前がガラス張りの見通しが良く、気分よく食事することができた。後は蒜山高原に寄って帰宅となる。溝口ICから米子自動車道に乗り、妻はすっかり居眠り心地であった。蒜山出口の標識が見えたが、蒜山サービスエリアまで車を進め休憩した。

「ここから蒜山高原に行くにはどうすればいいですか?」

店の人に尋ねると、

「湯原ＩＣまで行って一度高速を降りて、Ｕターンするしかない」と言われた。それは無理かなということで、展望のきく所から蒜山高原を眺め、訪れるのは次回となった。妻はとても行きたそうだったが、帰路に就いた。家に着いたのは19時前であった。

今回の山陰の旅は、心に残る思い出となるものばかりであった。バッグの置き忘れ、蒜山通過という失敗もあったが、鳥取砂丘と、砂の美術館、浦富海岸の千貫松島、出雲大社と松山城、《大山まきばみるくの里》から見下ろす景色、《とっとり花回廊》の溢れる花と香り、そして、宿ＰＶ《風雅》も印象に残る良い宿だった。

まさにこの旅は、人生パターンⅠを文字通り実践するようなものだった。

8　「ここがロドスだ、ここで跳べ」

鈴鹿青少年の森センター、道伯池一周１・７㎞、公園周回コース３・８㎞のウォーキングコースである。このコースは、土曜日のテニス同好会のメンバー中道さんから紹介してもらって知った場所だ。数年前、吉岡の学生時代を過ごした場所を妻に案内することにして、福岡の街のあちこちを連れ歩いた。その中の一つで、中央区の大濠公園へ行った。そこは市民の憩いの場で、何時も観光客を含め多くの市民が、自由に時間を過ごしているところだ。その周りを妻と一緒に歩いて、「もし宝くじが当たれば、この近くにマンションを買って移り住みたいもんやなー」と言った。しかしそれは、夢物語で実現しそうにない。ところで考えようによっては、この道伯池のある鈴鹿青少年の森一体を大濠公園と思えば、何と素晴らしい所だろうということになる。家から車で20分ほど、鈴鹿サーキットの隣に位置し、ここはまさに理想のウォーキングコースということになる。《ここがロドスだ、ここで跳べ》という言葉があるが、わざわざ福岡市中央区に移り住まなくても、当たりそうにない宝くじの夢を追っかけなくても、十分楽しめて、体つくり健康維持にふさわしい場所となっている。吉岡のリライフにふさわしい場所と言える。人生パターンⅡは実行できる。

もう一つ是非話しておきたいことがある。第2部の冒頭で、矢野先生のお墓参りをし、この4月から区切りをつけて、リライフの始まりとしたいと述べた。それは4月から高専とは定期的な行き来がなくなり、家以外で落ち着いて時間を過ごすどこか適当な場所はないか、ということで探していた。つまり、鈴鹿青少年の森は、体の健康維持の持続的な場所として有効な場所である。それに対し、精神の活動、思索、向上心を養うのに適した場所が自宅以外のどこか良い所がないだろうか、ということである。ところがそれは、公立の図書館の自習室、県立図書館の閲覧室で可能であることが分かった。図書館は公共の場所で誰もが利用でき、津の市立図書館は火曜休み、県立図書館は月曜休み。10～18時開館である。しかも、私語を慎み、飲食物の持ち込み禁止で、土日と長期休業中は、高校生、受験生が多いが、ウィークデーは利用者もまばらで、吉岡の読書、思索、物書きをして過ごすには最適の場所の1つであることが分かった。ここなら何歳でも利用でき、自宅以外で時間を過ごすには良い所だ。ところがコロナで、9月中は使えないという状況である。その困難な状況で一先ず、考えていることは、西欧を本当に理解して頂くお手伝いができたらなと思うことである。

鈴鹿青少年の森と、図書館は、人生パターンでは、Ⅱに相当するだろう。良き習慣を身に付け道を外すことがなく新しい吉岡を発見するに相応しく、晩年までの時間を過ごすのに適した場所と思われる。自宅と図書館で取り組みから、考えていることは、次のことである。

9　吉岡のふと考えていること

日本人として、人間として生まれてきた以上、次の2つのことを是非一度は真剣に考え、自分なりの回答を出してもらいたい。そうすれば、西洋思想の本道に一歩を踏み入れることになろう。どちらか1つに取り組んでみようと思えば、もうしめたもの。次から次へと知りたくなって、愛知本来の運動の中に入っているというものだ。

9－i　ソクラテスは、何故殺されねばならなかった（死刑宣告に従う）のか

この問いに答えることは、次の2つに関わるから是非答えてもらいたい。1、正義とは何か？　何が正しく何が正しくないのか？　2、民主主義をどう思うか。ソクラテスは直接市民による裁判によって殺された。

メレトスによるソクラテスの訴状は、「青年を腐敗させ、国家の認める神々を信じ

ず、鬼神の類（ダイモーン）を信じている」「弁明24Ｂ」というものである。正直こ れが死刑に値するものだろうかと首を傾げざるを得ない。青年を腐敗させたかどうか。アテナイの神々を信じていないかどうか、詳細は「弁明」を読んでいただいて判断して頂きたいが、私が主張したいのは、当時の裁判制度であり、アテナイ市民の在り方である。

当時の裁判制度は、直接民主制で、市民が裁判官である。被告であるソクラテスの言い分を聞いた上で、市民が有罪か無罪かを多数決で判定する。もし無罪の人数が多ければ、無罪放免となる。ここに民主主義の本質があり、そのことは今日の民主政治の在り方にもつながっている。ソクラテスを有罪と決めたのは市民であり、有罪と判断した人の数がわずかの差であれ、多数を占めたのである。有罪となれば、次は、科料（如何程の罰を加えるか）を決めることになる。

ソクラテスとしては、これ程アテナイのために日々奮闘し、青年に良き模範となるような吟味論駁を行ってきたのだから、オリンピックで優勝すれば迎賓館での饗応が催されるように、迎賓館での食事を要求すると言おうとしたのであるが、友人達から、引きとめられ、国外追放を申し出るよう説得され、それを申し出た。しかし、市民である裁判官の圧倒的多数から反省が足りないと、もう一つの科料である死刑の方に票がどっと流れ、結局死刑が決定した。もしも、裁判を通じてのソクラテスの言動が正しくないとすれば、例の子供時代からの制止サインである神（ダイモーン）の直接の声が聞こえたはずだ。しかし、ダイモーンの声は一度も聞こえず現れなかった。ということは、この判決をそのまま受け入れることが良いことであると、ソクラテスは判断した。クリトンを始めとして国外逃亡の申し出も受け入れなく、刑は執行された。キリスト以前のキリストと呼ばれるか否かは別にして、有罪や死刑にこれっぽっちも値しないと思われるのに、ソクラテスは毒杯を飲んで紀元前３９９年、70歳の幕を閉じた。この事実をどう受け入れるのか？

９－ii　愛という言葉の意味には、どういったものがあり、どのような由来を持つか？

もう一つ、西洋にあって日本にない言葉の意味を持つ《愛》について見てみよう。この言葉を廻って西洋哲学が展開してきたと言えるほどの重みのある言葉である。日本語では、明治以前の人は《愛》という言葉を持たなかった。人を好きになることを《愛する》ではなく、《めでる》という言葉を使っていた。伊藤整が、初めて指摘したように極めて新しい日本語であり、普通は、《Xを好きになり、その次の段階として、Xを愛する》というニュアンスで使うのではなかろうか。しかし、西洋においては、長い歴史と、西洋を決定づける言葉の一つとでも言えるようなニュアンスがある。大きくは、3つある。1　エロース恋愛、2　フィリア友愛、3　アガペー（カリタス）慈愛。

1　エロース（eros）：イデアへの上昇の愛、一般的に価値あるものを求める愛。

エロースから派生したエロ、エロティックという日本語は、性欲を引き起こす、肉感的というニュアンスで理解されている。ところで、この言葉を作りだしたプラトンを意識したプラトニックラブとは、肉体を介さない精神的愛と理解され、純愛とされるが、それとて異性への一つの態度であろう。しかし、プラトンが作り出した元々の意味は、イデアへの上昇の愛、この世の美しい物を見て、かつて生まれる前に見ていた美のイデア、美そのものを思い出し、イデアへと遡ろうとする行為をエロース：愛とされる、一言でいえば求める愛であり、異性や性欲対象ではなく、真実在、知性によってしか捉えられない永遠不滅の存在であるイデアへの愛である。この世の一切のものは、生成消滅するもので愛する対象にはならない。それに対し永遠に存在するもの、それへの愛がエロースという愛の行為と主張する。このイデアの存在を打ち立てたことが、西洋思想独自の揺るぎない思想となった。以後賛否両論を廻って、愛知は展開していくことになった。

２　フィリア（philia）：友愛と訳される。対等の立場での互いの愛。

日本語で、終生の友といえば、気が合う、肉親以上に何でも話せる、困った時に必ず傍に居てアドバイスをくれる人というように、人夫々の友となる理由が異なり、一般的共通の意味はないと思われていないだろうか。しかし、アリストテレスは、「ニコマコス倫理学」８～９巻で、友の条件を定義している。友はもう一人の自分自身（heteros autos）と呼べるもので、相手の善（幸福）を願い、相互的で、それが相手に知られている。そして相手の善には３種類あり、快楽的善、有用的善、道徳的（人柄の良さ）善で、快楽的善と有用的善は、永続的ではない。相手が快楽、有用さに欠けることになれば、友愛は消滅する。しかし、道徳的（人柄の善さ）に基づく友愛は安定的で、終生持続する。それ故、人柄の善い者同士の友愛でなければならず、しかも、人間は社会的動物で、一人では生きて行けない以上、人柄が善くなるように努力しなければならない。

3　アガペー（agape）:見返りを期待しない神（上）からの一方的愛、慈愛と訳される。

これこそがキリスト教、引いては西洋独自の文化を創り出す源である。先ず神が、まるで太陽の光が降り注ぐ如く、万物を愛して下さる。そこから人が神を愛し、神の愛を受け止めることにより、それが源となって隣人を愛する。そして、イエスが、我々の罪の贖いとして十字架に架けられ、3日後に甦ったように、我々も、敵をも愛し、友のために命を捨てる、これより大きな愛はないとされる。キリスト教徒の中で、友のために自らの命を捧げた報道が数多くなされてきた。全知全能の神の存在、イエスキリストの十字架上での死と甦り、隣人愛の実行による自己犠牲的場面。これが西洋を決定付けるものとなっている。

エロスとフィリアは古代ギリシアで使われた言葉で、エロスは、自分が価値あるものを求め何処までも追及する利己的ニュアンスが強い。フィリアは、対象を意識し、対象からの反応の上に成立する相互的な愛である。ところで、アガペー・カリタスは、キリスト教の登場により出てきた愛で、一神教の愛であり、独特のものである。「神を愛し、隣人を愛せよ」という戒めを実行することで信仰が成立する。

西洋チームとのサッカー試合で、相手チームの一人が、シュートを決めると大地に接吻をし、十字を切って神に感謝するという行動は、日本人には不思議な感じを持つのではないか。万物を創造し絶対的存在としての神の元にあるという考えが、西洋キリスト教徒独特のものである。それに対し、日本人の多くは仏教徒で『あの人、成仏しはった』と、死んで仏になり祀られる対象になる宗教とは大きく異なる。

日本人として特に注意し心がけねばならないことが、次の三点であろう。

1　多数決原理で進行する民主主義の問題点を常に自覚し、何が正しいかを見失わないようにしなければならない。

2　全知全能の神の存在を意識しないとすれば、両親・ご先祖・周りの人のお陰で自分が存在し、周囲の人々との分かち合いの中で生きて来れたことに、感謝を忘れてはならない。指導仰ぐ人がおらず、怖いものなしと思った時が、《悪》の始まりである。

3　ソクラテスの死、イエスキリストの生涯は、万人に開かれた話題であり、問われるべきこととしてある。正しい生き方が問われる場合、常に登場する。

結び

度重なる失敗、多くの挫折、様々な経験の中から数多くのことを学んだ。それらを踏まえて、体調、身体トレーニングは順調。精神生活の方は、益々全体が見渡せるような視点を持てるようになってきた。その点では、徐々に人生パターンⅡは形成されつつある。しかし、人生パターンⅢは、頭の上では理解されても生活を覆い尽くすに至っていない。

吉岡家も、皆それなりに将来へと前進を続けている。何れにしても、心がけねばならない第一のモットーは、《今日一日を大切に、全力で過ごす》ということである。それは、未来への期待も希望も目標も、自分の心の中にあり、過去の思い出も記憶も経験も、我が心の中にある。全ては今日、今をどう過ごすかにかかっているからだ。

著者プロフィール

奥 貞二（おく ていじ）
著書『ラテン語・ギリシア語由来の言葉』（三重大学出版会、2022年6月30日発行）。

吉岡さん、頑張って

2025年1月15日 初版第1刷発行

著　者　奥 貞二
発行者　瓜谷 綱延
発行所　株式会社文芸社
〒160-0022 東京都新宿区新宿1－10－1
電話 03-5369-3060（代表）
03-5369-2299（販売）

印刷所　株式会社暁印刷

ISBN978-4-286-26135-5